MAMAN EST MORTE

GILLES LEROY

MAMAN EST MORTE

FRANCE LOISIRS
123, boulevard de Grenelle, Paris

Une édition du Club France Loisirs, Paris,
réalisée avec l'autorisation des Éditions Mercure de France

ISBN : 2-7441-1061-2

26, rue de Condé 75006 Paris
Imprimé en France

Ce livre est pour Jacques Le Meur et Laurent Goldring,
les compagnons de la douleur.

Les yeux cernés

Ti supplico, ah, ti supplico : non voler morire.
Sono qui, solo, con te, in un futuro aprile...

Je te supplie, ah, je te supplie : ne veuille pas mourir.
Je suis là, seul, avec toi, dans un futur avril...

PIER PAOLO PASOLINI
Supplique à ma mère

janvier

Le jeune médecin a les yeux bleus creusés de cernes sombres, couleur de terre séchée, comme des ecchymoses. Nous avons tous les yeux cernés. Nous sommes dans la ville aux yeux cernés. Les yeux bleus, las et fébriles, interrogent les miens. Jusqu'où peut-il aller dans l'exercice de la vérité, la vérité étant ce qu'il a vu et croit pouvoir en déduire.

Il dit : « La situation aujourd'hui est très dramatique. »

Il fait une pause, guette une réaction. Dans le silence, je secoue la tête, ces mots-là ne me vont pas. D'égale fatigue à égal désespoir, je réponds aux yeux bleus que ces mots n'ont plus cours : « dramatique », « très dramatique » ne veulent rien dire. J'ai besoin de mots précis et froids, sur lesquels on ne revient pas, des mots qui rendraient le verdict sans appel. J'ai besoin de mots secs et violents, des mots si sûrs qu'ils effaceraient l'angoisse de douter quand le reste du monde a des certitudes pour vous, qu'ils étoufferaient la peur en même temps que l'attente. Je l'aide à aller plus avant dans l'exercice, je dis : « Elle est dans la phase terminale. » Les mots ont tremblé dans ma voix.

Il recule à peine dans le couloir étroit. La laque blanche dégouline sous la lumière sale des néons, m'éblouit. Il s'étonne, on dirait. Les yeux bleus encore, s'interrogeant sur le sens que je peux donner à ces mots abstraits. Mais il dit : « Oui, on en est là. »

Le lendemain soir, je vais de nouveau le chercher à l'étage supérieur. Il a toujours aussi mauvaise mine, mal rasé, habillé de linge défraîchi, peut-être a-t-il oublié de dormir. Nos yeux ne sont pas gonflés de sommeil. Nos yeux sont secs et brûlants, la peau les tire au milieu des joues. Nous sommes dans la ville aux yeux secs.

« Si c'est fini, arrêtons le carnage. Je vous le demande. » Il secoue la tête : « Ne croyez pas que nous nous acharnions. Cette intervention, c'est pour la soulager, sans espoir de la prolonger. »

Je m'adosse au mur blanc. Je cherche l'air dans ma gorge, en même temps que me saisit cette folie d'un fils qui doit négocier avec un étranger les derniers moments de sa mère. Je voudrais lui demander une chaise, qu'on s'assoie quelque part avant de poursuivre : mes genoux ne supportent plus les tractations.

« Elle ne souffrira pas.

– Comment pouvez-vous dire ça ? Elle étouffe. »

Il secoue encore la tête avec un sourire triste de petit génie impuissant. « C'est très impressionnant pour l'entourage. Ça crache, c'est sale, ça fait du bruit. Mais le sujet, paradoxalement, ne souffre pas. Pour une raison simple : avec le manque d'oxygène se forment dans le sang des carbonarcoses, toxiques qui plongent le malade dans un état second, le rendent indifférent à son propre sort. »

Je dis merci, je fuis dans l'escalier étroit aux marches si basses que mes jambes s'emballent. Sauve-toi, sauve-toi, crient les jambes.

J'ai ma clef. Tout est foutu mais je repars avec une clef magique : des carbonarcoses. Elle ne souffrira pas, indifférente à son propre sort. La nature est bien faite, la nature est humaine si Dieu n'a pas pitié. J'ai envie de hurler. On se moque de moi. On m'a donné un mot en hochet et console-toi, fils, va jouer dans la cour, maman ne dira rien, maman ne sentira rien, maman oubliera tout simplement qu'elle s'est intéressée un jour à la vie – la vie, cette vue de l'esprit, nulle et non avenue : indifférente à son sort, indifférente à tous les sorts, fils, même le tien. Mais moi je sais bien que c'est faux, j'ai tout de suite su que ça ne se passerait pas ainsi pour elle. Carbonarcoses : c'est surtout moi que ce mot stupéfie, ma douleur à moi qu'il anesthésie.

Le lendemain elle a mal, mal, mal. Elle le dit mais ça irait sans dire. Elle n'a plus de voix : un chevrotement rauque de vieillarde que la jeunesse des traits rend plus terrifiant. J'ai déjà entendu mes deux grand-mères mourir, on ne me trompe plus sur la voix de la douleur. Plus elle me parle, dans des efforts démesurés, plus j'ai mal à la gorge.

« C'est au côté gauche que tu as mal. »

Elle hoche la tête, un sourire brave sur ses lèvres sèches, elle souffle : « Au côté gauche, oui, c'est ça. » C'est partout qu'elle a mal.

février

Ce que j'ai peur de perdre, ce qui me fait peur vraiment, c'est de manquer un jour de la douceur de ses lèvres, du baiser velouté de ses joues, de ses mains si fines aux ongles nacrés comme des coquillages marins. Elle me manque déjà.

Et si la menace de mort, devenue spectre tangible (comme un obstacle dressé entre nous et notre amour, que l'on pourrait toucher), si cette certitude au lieu de nous rapprocher pour une dernière étreinte nous éloignait déjà, nous séparait insidieusement ? Oui, la vie que j'abrite a horreur de la mort. Ma vie me dégoûte quand elle voudrait me repousser de toi.

Il y a, à quoi bon se voiler le front, de la culpabilité à écrire sur le sujet de sa condamnation, comme si l'écrire était un empressement de mauvais goût : aller au-devant, faire du zèle avec la mort qui viendra toujours trop tôt. En un mot, s'arranger avec l'ennemie. Mais si je n'écrivais pas, même au risque d'une trahison, la souffrance resterait lettre morte.

J'ai revu la longue chaîne, le cortège de ces années où Juliette, puis Albertine, puis Marthe tombèrent malades et moururent. Toutes tu les accompagnas, sans jamais faillir ; jusqu'au bout tu fus là pour elles, et, à voir s'en aller toutes les femmes de mon enfance, je n'avais d'yeux que pour ton chagrin à toi. Ainsi, leur mort me fut pénible deux fois : elles disparaissaient, et j'avais peur que le désespoir de ces deuils ne vienne réveiller la maladie en toi.

Tu es comme ça : je te vois avancer, rapide sur tes hauts talons, les yeux noirs humides et cernés, les cheveux mal rattachés glissant sur tes joues, dans ton cou, vêtue de tes robes noires plus ou moins passées selon la saison et la lumière. Je te vois marcher, encore, marcher, aller d'un hôpital pour toi à un hôpital pour d'autres. Tu es comme ça, d'avoir tout donné.

Parce qu'on y a cru, trois ou quatre ans, que la maladie s'était endormie. Que tu l'avais – oh ! certes pas anéantie, mais hypnotisée. J'ai revu le premier maillon de la chaîne, scellé un beau jour de mai, voilà dix ans, lorsqu'on t'a ramenée en chariot dans ta chambre et que ton premier regard a été pour moi, un petit cri de joie filant entre tes lèvres. J'ai embrassé ton front humide et je me suis éclipsé dans le couloir pour m'effondrer. Cette joie qui se criait, étrangement désespérée : « Je n'ai rien », avais-tu dit, et je regardais les pansements à ton sein. « C'est fini », avais-tu soupiré, heureuse et te rendormant, tandis que je tombais dans le couloir, heureux tellement.

Et puis un an plus tard il a fallu rouvrir. Et ce qu'on a trouvé un an plus tard n'était pas rien. Un an plus tard, sous les pansements, il n'y avait plus de sein. Il y avait des larmes au coin de tes yeux noirs traqués. Tu as planté ton regard dans le mien, tu as dit que ce ne serait pas grave, on allait faire des rayons, plus tard on te redonnerait un sein, et tout s'arrangerait. S'il faut y passer, on ira. J'ai dit oui : si c'est par là qu'il faut en passer, nous irons là aussi, dans ces nouveaux territoires de notre histoire. Ces territoires avaient de bien étranges décors qui plus tard nous deviendraient aussi familiers que les rues et impasses d'un quartier où l'on aurait toujours vécu. Par exemple, à la tête de ton lit, il y avait un trépied sur roulettes portant, la tête en bas, des bouteilles de perfusion. Et à ton bras il y avait des systèmes compliqués – plus tard, bientôt, on apprendrait à nommer ces nouveaux accessoires, les cathéters par exemple – qui reliaient la veine aux bocaux renversés du trépied.

Parfois, avec les années, on en riait, on se demandait s'il restait un quelconque hôpital, un quelconque laboratoire en région parisienne où tu n'aurais pas ta fiche. On les a tous faits, les modernes, les vieux, les propres et les douteux. On en riait, on disait que c'étaient tes hôtels à toi, et au lieu de dire que tu rentrais à l'hôpital, on préférait parler de villégiature. Qu'est-ce qu'on n'a pas fait pour rire, rire jusqu'au bout. Je t'aime.

mars

Je ne t'avais pas dit que j'allais être publié. Je t'ai apporté le deuxième jeu d'épreuves à l'hôpital. Tu as pris la liasse entre tes mains, tu l'as soupesée, faisant glisser les feuillets contre ton pouce. Tu souriais, tu ne savais peut-être pas quoi dire, tu me regardais seulement, les yeux écarquillés comme une enfant : tu te réjouissais de ma joie. Pour la première fois depuis longtemps, si tes mains tremblaient, si tes joues s'empourpraient ce jour-là, c'était d'émotion et non de maladie.

Au dernier moment, je lui ai dédié ce premier livre qui sans doute – et elle le comprit, le dit – n'avait pas été écrit pour elle. Sur les épreuves feuilletées à l'hôpital, il n'y avait pas encore de dédicace. Lorsqu'elle a reçu l'exemplaire imprimé, elle a demandé : « Mais pourquoi m'est-il dédié ? » Ai-je inventé ou non ? Il m'a semblé, à l'expression trouble de son regard, qu'elle imaginait les raisons de cette correction de dernière minute. J'ai dit, riant de mon embarras : « C'est comme ça ! »

C'est comme quoi ? Comment lui dire ce que peut-être elle avait deviné : que je lui dédiais ce livre, le premier, parce que je savais qu'elle ne verrait pas le deuxième, qu'il n'y aurait pas d'occasion pour moi de lui en dédier un plus tard, un qui vraiment eût été écrit pour elle.

* *
*

Je me demande : le condamné à mort peut-il s'empêcher d'espérer ? Même furtivement, même obscurément, ne s'abandonne-t-il pas à la chimère d'un retournement du destin ?

Quand tout a échoué, les appels, les cassations et les recours en grâce, ne croit-il pas encore (bien que honteux, lui le cruel, lui le mal incarné, honteux de sa naïveté même) ne croit-il pas pourtant à quelque coup de théâtre ou du destin qui le sauverait ? Peut-il résister à tous les scénarios qui se présentent, tentations vénéneuses, au centre lumineux de son âme : que le président meure et que son successeur l'absolve ; que les jurés, dans un sursaut de conscience unanime, dénoncent leur premier verdict pour l'acquitter ; que le jour de son électrocution la compagnie d'électricité soit en grève, ou qu'un écrou vicieux bloque la guillotine et reporte, sinon annule, son exécution ?

Vraiment, celui qui sait devoir mourir peut-il croire absolument et désespérer tout à fait ? Comment concevoir que Dieu, qui fait et défait la vie, fasse aussi le mort : pas un geste, plus un signe ? Et puis, comment concevoir que mourir soit finir ? La mort n'est pas une conclusion, comme il est dit dans *Le Mépris*.

mai

J'ai fait ce rêve troublant d'un frère que l'on redécouvrait. Maman restait très discrète sur le sujet de ce fils caché, sorti du secret par on ne sait quelle intervention. Elle disait, avec une tristesse qui voulait peut-être me rassurer, qu'elle ne l'aimerait jamais. Il me ressemblait pourtant, il me ressemblait même extraordinairement, mais alors en version négative : très sage, habillé proprement, le cheveu dompté. Un moi improbable, qui aurait fait du droit à Dauphine et du squash à Neuilly.

Immédiatement, le rêve le rangeait du côté de mon père. Mon père le reconnaissait aussitôt pour son fils. Je crois qu'à la fin nous partions, maman et moi, nous les laissions ensemble, à leur bonheur.

C'est la fête des mères. Sous le grand tilleul de Chevreuse, nous déjeunons avec R. dont je suis tombé amoureux et avec qui tu as décidé d'être indulgente. Tu parles beaucoup, entre les quintes, et ton effort me désespère. La toux est devenue terrible, caverneuse. Tu ne manges plus de peur de t'étrangler. Tu préfères garder l'air qui te reste pour moquer R.

« À l'époque, lui dis-tu, j'avais de beaux yeux, vous savez. » R. s'empresse : « Mais vous avez toujours de beaux yeux. » Tu ris, tu es un peu ivre : « Ah ! J'ai toujours de beaux yeux, ça veut dire quoi ? Que le reste est foutu ? » Volubile, tu parles alors de ton vieux chirurgien, le professeur M., qui t'a fait des avances assez précises : « Lui, il m'aime avec les cicatrices qu'il m'a faites. Il admire son œuvre quand il me regarde. Je suis sa fiancée de Frankenstein. »

R. te dit de manger un peu, de reprendre des forces, mais tu hausses les épaules : « Connaissez-vous la devise de la duchesse de Windsor ? Dans la vie, on n'est jamais assez riche ni assez maigre. » Nous rions, pour te faire plaisir. R. prend doucement ton poignet et s'émerveille de tes bijoux. Tes yeux glissent à terre, se noient. Tu dis : « C'est bien les diamants, c'est plein de facettes. Vous vous regardez dedans et vous n'êtes plus seule. »

GILLES LEROY

Lorsque tu es ainsi, dans cet état d'excitation sans objet où tu bois trop, où tu parles avec cet air de ne rien dire pour trop en dire, quand je te vois ainsi, nue et si seule te débattant dans ton malheur, j'ai envie de rentrer sous terre, de me cacher pour pleurer.

juillet

Après une nouvelle crise, on t'a hospitalisée d'urgence. On t'a donné de l'oxygène par les narines et un aérosol qui t'enveloppe de son nuage – ce nuage d'un gaz bleu très froid, c'est déjà l'éther. Tu tousses, tu t'étrangles, tu t'étouffes. Tes joues sont tachées de rouge, l'effort te fait pleurer, gonfle ton visage jusqu'à le rendre méconnaissable, à ton cou les nerfs se tendent, près de rompre. J'ai peur, je ne sais pas si ça se voit. La crise passe. Tes yeux sont tristes sous la fatigue, désolés ils disent encore : « Excuse-moi, excuse-moi de ce spectacle. »

Te voilà donc de retour dans cet hôpital L., d'où, six ans plus tôt, un ami m'avait appelé un soir : tu avais voulu mourir, il avait forcé la porte de la maison et t'avait fait transporter en urgence. Je suis arrivé vers minuit. Tu dormais. Je suis reparti par le dernier métro. C'était l'été noir de 81, où j'allais d'un hôpital l'autre, entre toi dont le mal récidivait et Juliette qui agonisait dans un mouroir de banlieue.

Cette nuit-là, P. m'attendait chez moi. Une scène s'engageait, vite conclue par ces mots malheureux : « Tu cours les hôpitaux entre ta grand-mère et ta mère, et tu ne t'occupes plus de moi. Mais moi je suis en vie, moi je ne vais pas crever ! » À trop vouloir me posséder et te déposséder de moi, P. t'enterrait déjà. Quelques jours plus tard, je rompais : il était, il est toujours interdit de toucher à toi.

* *
*

Revoyant le mélo de Maurice Tourneur, *Les Deux Orphelines,* j'ai surpris cette phrase : « Je la soignerai, madame, si Dieu la guérit. » Encore un de ces films poilants dont on se délectait lorsque j'étais gosse et que, tous les dimanches, tu m'emmenais dans ce vieux cinéma de l'avenue des Gobelins qui appartenait à ton ami A. Nous avions passé un accord honnête : contre un mélo auquel je consentais, tu devais m'accorder un péplum.

J'ai fini par aimer les mélos et tu as fini par dormir très bien devant les péplums.

Je n'ai jamais su qui était A. pour toi. Tu niais qu'il eût été ton amant, mais je ne t'ai pas crue. A. était très beau. Il avait une voiture de sport si basse qu'un jour un motard qui nous suivait, oubliant de freiner, était passé par-dessus nos têtes. A. venait d'Alger, faisait pousser de la menthe sur son balcon et souvent il m'embrassait. Un jour, A. s'est écrasé contre un arbre, sur une route du Midi. Tu as beaucoup pleuré. A. portait le même prénom que mon père.

septembre

Retour à Pereire. Les murs sont de plus en plus lourds, épais. On les a repeints depuis la dernière fois. Ils brillent extraordinairement. Ils sont de ce blanc ripoliné un peu vert qu'on devrait rebaptiser le blanc clinique.

Il a dit : « C'est fini. »

Il a dit : « On arrive en bout de course. » Il n'a pas dit *elle*, il a dit *on*.

Il a dit : « Je suis étonné, étonné de sa résistance. »

J'ai dit : « Elle ne veut pas mourir, savez-vous cela ? »

Il a dit : « Votre maman est une femme tellement adorable, courageuse. Nous l'aimons tous tellement ici... » Son regard a glissé au sol, traqué : « Elle se bat, oui, mais nous ne pouvons plus l'aider. Nous ne pouvons plus rien pour elle. »

J'ai dit : « C'est ça, maintenant elle est tout à fait seule. »

Le lendemain, j'apprends que mon père entre à la Pitié, condamné lui aussi. Je voudrais y aller mais j'en suis incapable. Je voudrais en parler, mais qui me croirait ? Il y a soudain dans cette surenchère, cette conspiration de la mort sur ma vie, une incongruité que je ne peux pas penser, que je refuse. Alors j'en parle à un inconnu, J. le jeune légionnaire. Il m'avait dit, la première fois que je l'ai vu, qu'il était un enfant adopté par une famille de Besançon, mais que ses parents étaient encore vivants, à Tanger. Sa mère adoptive, il l'a laissée sans nouvelles pendant des années, ce temps qu'il était à la Légion dans la jungle de Guyane. Même rentré en France, installé à Paris, il ne lui téléphone guère qu'une fois par mois. Elle réclame après lui, avoue-t-il, laconique. Je le plaignais sincèrement, privé d'une vraie mère qu'il était.

Aujourd'hui, il me dit en passant : « Tiens, je vais écrire à ma mère. » Je précise machinalement : « À Besançon ?

– Mais non, ma vraie mère, à Tanger ! »

Je découvre qu'il connaît sa mère, qu'ils ont une relation au point de s'écrire. Je découvre ahuri que l'orphelin a en fait deux mères. Je ne peux m'empêcher d'en être jaloux. Même si je sais que deux mères, c'est une de trop, c'est zéro.

octobre

Elle est heureuse. Elle a mangé aujourd'hui sans s'étouffer. Les médecins la rassurent. Ils renoncent à opérer, ils ont mille autres solutions pour la soulager. (L'an dernier, ils lui avouaient n'en trouver aucune mais elle, si lucide, veut bien les croire tout à coup, croire à ce rebondissement invraisemblable.) La voix dans le combiné est pleine, sinon enjouée, rassérénée. Elle dit : « Et toi, tu es heureux n'est-ce pas ? Tout va s'arranger.

– Oui, je suis heureux bien sûr. Je n'en avais d'ailleurs jamais douté, que ça s'arrangerait.

– Allez, ne t'inquiète pas, ce n'est encore qu'un mauvais moment à passer. Elle va durer, ta mère. Je serai là, tu verras. »

Je ris stupide au téléphone. Je ris faute de pleurer, effaré par cela qui sera mon calvaire : obligé de lui mentir, je joue une comédie, et c'est comme si déjà je l'abandonnais. Le mensonge éloigne. Je me demande : ce refus d'annoncer la mort, c'est bien sûr par pitié du malade – mais c'est aussi pour le confort des proches une porte de sortie : assez étrangement, c'est comme si déjà ils reculaient, se détachaient dans une relation insincère de celui ou celle qu'ils aimaient. C'est enfin pour ne pas affronter cet abîme dans quoi le dit de la mort les ferait plonger à coup sûr avec celui qui agonise : on sait qu'après l'avoir dit rien ne serait plus pareil ; il faudrait donc faire un double deuil, celui de la relation avant celui de la disparition. Et c'est plus que chacun, sans doute, n'en peut supporter.

La nuit suivante, un bruit dans le cabinet de toilette de ta chambre t'a réveillée. C'était l'infirmière venue renouveler ta perfusion. Elle était en train de vider l'un de tes pots de crème, une crème de beauté très chère, un pot tout neuf, dans un pot à elle. Tu n'as pas bougé, n'osant pas le scandale. Et puis peut-être t'es-tu rappelé, confusément, que ta vie était entre ses mains, qu'elle pourrait te punir si tu te plaignais. La question t'a tracassée toute la journée, de cette infirmière volant les produits de beauté des malades. Quand je suis arrivé, le soir, tu as dit : « Elle est gonflée, l'infirmière. »

Mes soirées se déroulent ainsi, de l'hôpital B. où je vais te voir à l'hôpital C. où je vais voir mon père, transféré à trente kilomètres de Paris. Je dois surveiller l'heure afin de ne pas manquer le train qui me permet d'arriver à C. avant la fermeture des portes aux visiteurs. Chaque soir, j'inonde de sourires et d'excuses la surveillante en chef afin qu'elle m'accorde quelques minutes auprès de lui. Je fais tout cela comme inconscient, incapable de mesurer et de nommer ce qui m'arrive, ce qui est en train de se jouer, quel destin ces trains, ces métros et ces taxis me tracent. Qu'est-ce qui pèse là ? Qu'est-ce qui m'est annoncé ? Oui, je sens bien qu'il faut chasser les signes, éviter surtout de se croire maudit.

noël

Le scénario se déroule comme prévu, implacable. Tu tousses, tu t'étouffes. De ta poitrine ne restent plus que les os, tes côtes que la toux écartèle. Non, ce n'est pas sale comme il l'avait dit. Oui, c'est bruyant, mais au-delà du bruit : c'est le fracas d'un crime qui se perpètre dans ta chair, et dont l'écho se prolonge dans ma gorge nouée. Tu t'étouffes et je manque d'air.

Si je suis coupable de silence, je suis aussi impuissant à parler. Plutôt que ce jeu de dupes (car parfois je sens, terrifié, que tu sais ta mort, que tu sais qu'on me l'aura annoncée, et que tu me donnes la réplique pour ne pas m'infliger la souffrance de devoir en parler), peut-être pourrions-nous avouer notre peur. Peut-être pourrions-nous alors atteindre une seule fois, ne serait-ce que la dernière, ce que l'un et l'autre nous devinons de sublime, de monstrueux dans notre amour – une seule et dernière fois se le dire avant la mort.

Je peux m'accuser de lâcheté. Mais je ne le pense même pas. Ce que je crois, c'est que si nous en parlions, si nous mettions la mort, cette intruse, entre nous, nous ne pourrions même plus nous regarder en face : l'insupportable de la peur, en l'absence de toute issue, nous paralyserait et nous éloignerait. Voilà ce que je crois.

Et puis... que te dirais-je ? « Tu vas mourir ! Maman, tu vas mourir ! » On ne dit pas ça, on le hurle dans la démence. Et que répondrais-tu ? « Oui, je le sais, et j'ai peur, mon fils, comme j'ai peur. »

Dans l'autobus 92 qui me mène de la télévision à la clinique de Levallois, je rencontre cette vieille dame qui parle très fort à n'importe qui, et dont tous les passagers se moquent discrètement. Une place se libère en face d'elle, elle me fait signe de m'asseoir, que j'ai l'air très fatigué et que j'ai attendu assez. Elle m'interroge comme on mènerait une interview. Elle veut tout savoir, d'où je viens, où je vais, ce que je fais à la télévision, qui je vais voir à Levallois. Avec sa commisération, elle va me faire pleurer et je ne veux pas avoir les yeux rouges lorsque j'entrerai dans ta chambre. J'aurai comme chaque soir mes yeux gris, je les teindrai de fausses lumières : mon mensonge fait rideau entre nous.

La vieille dame a décidé de descendre au même arrêt que moi et de m'accompagner un bout de chemin.

Elle dit : « Alors, elle est très malade votre maman ? »

Je dis : « Oui, très malade. »

Elle me regarde, si petite qu'elle doit basculer la nuque en arrière pour capter mon regard. Elle y plante ses yeux délavés qu'elle affûte, terriblement perçants, se dandine d'une jambe sur l'autre, puis :

« Elle va mourir ?

– Oui, elle va mourir.

– Mon pauvre enfant, mon pauvre garçon. Et c'est Noël bientôt. Elle sortira pour Noël ?

– Les docteurs l'ont promis. »

La vieille dame dit à regret : « Il faut que je vous laisse aller, vous me faites de la peine. Je ne la connais pas, mais dites à votre maman que je l'embrasse. Que si j'étais moins usée je serais venue avec vous la voir. Que je ne prie jamais mais que je prierai pour elle. »

Elle s'en est allée, trottinant sur ses petites jambes tordues, dans ses bas marron et ses bottines fourrées. J'ai pensé que jamais tu ne serais une vieille dame. J'ai bien fini par pleurer.

Les médecins t'ont libérée pour Noël sous la promesse que tu te reposerais. Alors tu cours. Tu cours les rues à la recherche de cadeaux. Je ne savais pas quoi vouloir, j'ai dit au hasard que j'aurais besoin d'une nouvelle ceinture. Et, répondant à tes questions, je précise étourdiment que j'ai horreur des boucleries dorées. Alors c'est la catastrophe : tu ne trouves nulle part de ceinture noire à boucle argent. Je dis qu'une boucle or fera très bien l'affaire. Tu protestes : « Mais tu n'aimes pas les boucles or, je ne vais pas t'offrir quelque chose que tu n'aimes pas ! » C. dit en riant que tu as déjà traversé la ville en tous sens, que tu as téléphoné partout et que ça n'existe pas, des ceintures noires à boucle argent. Je dis que pourtant j'en ai vu, chez Saint-Laurent.

À peine avions-nous raccroché que tu sautais dans la voiture de C., cap sur la place Saint-Sulpice, où l'on te renvoyait faubourg Saint-Honoré. Après quatre heures d'embouteillages, tu es rentrée, tu t'es couchée, dormant plus de douze heures, toi qui ne dors jamais. (Au gré de tes cavalcades, tu avais réussi un autre coup : parce que la ceinture ne suffisait pas, tu es arrivée chez moi avec cette lampe de bureau que je cherchais depuis si longtemps, celle, exactement, que j'aurais choisie. Je t'ai complimentée pour ton goût si sûr. J'ai ajouté que ça m'étonnait et tu as ri, comme chaque fois que je te prenais pour une idiote, trop contente pour jamais te vexer. Elle est là, cette lampe, penchée sur moi lorsque j'écris : sa lumière est chaude à ma nuque et je ne peux m'empêcher d'en frissonner comme autrefois, quand c'était toi penchée sur mon épaule, lisant mes devoirs.)

Tu t'inquiètes du deuxième roman, si je l'écris. Tu ne dis pas ce que tu redoutes : mon dépit devant l'échec du premier. Tu ne l'as évoqué qu'une seule fois, comme une fausse interrogation : « Il a marché comment le premier ? » J'ai dit « Bof. » Tu as dit : « Pas très bien. » Il n'en fut plus question.

Les week-ends où je ne viens pas te voir à la maison, tu demandes si j'écris. Je dis que oui. Tu demandes : « C'est bien ? Tu es content, tu avances ? »

Avancer, ta dernière illusion, la seule raison pour toi de vivre quand la mort est le pain quotidien. Sans doute la peur te vient-elle parfois de ne jamais lire le deuxième roman. Il n'y a pas de deuxième roman. Je mens encore. Je dis que j'écris pour que tu croies que tout va bien. Je m'oblige à ne pas trop venir te voir, pour ne pas t'alerter d'une présence tout à coup excessive. Et je ne fais rien les week-ends. Je m'inquiète les weeks-ends.

MAMAN EST MORTE

Quand je considère de combien de détresses, de quel malheur je suis l'aboutissement, la fin : tant de nuits blanches – l'angoisse est blanche comme un mal blanc – tant de larmes ravalées – les désespoirs rentrés sont des morceaux de choix pour la maladie – alors je suis pris de vertige, de nausée de moi-même et d'effroi du monde.

1er avril

Tu m'appelles au secours. Tu n'as plus de voix au téléphone. Il n'y a que ce râle, ce bruit sans plus rien d'humain, et je te parle et je crie, mais comment répondrais-tu ? Ce râle, je le reconnais soudain, c'est celui de l'animal blessé pour annoncer qu'il va mourir.

Sur l'autre poste, j'appelle la ligne privée de M. Le vieux professeur tente de me calmer au téléphone. Il dit : « Elle est condamnée, nous vous l'avions annoncé. Moi, je veux bien qu'elle meure mais je ne veux pas qu'elle souffre. Aussi amenez-la-moi. C'est pas bon pour le déficit de la Sécu, mais c'est bon pour elle. Je vais la prendre quelques jours, on s'en occupera, on la cajolera. »

L'homme qui tient la vie de ma mère entre ses mains depuis dix ans a fait son constat d'échec. Dans cette étrange relation de soigné à soignant, il y a comme une demande d'amour dont la preuve serait la guérison. Cette guérison, le médecin en a tout aussi besoin pour être que le malade pour survivre. Il a beau parler d'assurance sociale, se réfugier dans ce cynisme-là, j'entends tout le désespoir dans sa voix : sa fuite est celle de l'amant trahi.

Elle tousse encore, elle s'étouffe. Chaque quinte, chaque étranglement est une fracture dans mon sourire officiel, niais sans doute, et qui voudrait la rassurer. Ce soir, j'ai surpris dans ses regards affolés que mes sourires ne pourraient plus jamais la rassurer.

Ce soir je perds ma mère parce que ce soir je suis impuissant à lui faire du bien, malgré le stylo plume, malgré les baisers, parce que ce soir elle a dit d'un regard qui ne s'adressait à personne d'autre qu'elle-même combien étaient dérisoires notre jovialité forcée, notre optimisme de commande. Nos efforts de vie, comme s'ils allaient intimider la mort !

(Ce dernier cadeau : le stylo plume, je l'avais volé. Aurait-elle désapprouvé ? Sur la fin, maman n'avait plus beaucoup de principes. Elle avait perdu le moral et la morale en même temps. Elle aurait finalement trouvé dangereux mais amusant que je vole le stylo en or.)

9 avril

Ma maman m'oublie. Ma maman ne sourit plus. Ma maman ne lève plus les yeux que pour demander qu'on en finisse. Ma maman retire sa main aux doigts violets lorsque je veux la prendre et la réchauffer. Ma maman est déjà de l'autre côté, là où elle m'interdit de regarder. Ma maman m'a chassé.

« Yes, mother died. »

L'eau de toilette que tu m'avais offerte, la dernière goutte en est tombée au matin de ta mort. Étrange clepsydre, qui comptait tes jours à rebours sur ma peau.

Étrange clef aussi, que cette eau légère qui semblait dire : « C'est mon dernier présent, déjà je m'évapore. Va ! »

J'irai, mais qui me bénira ?

... Ma maman est partie, elle est montée au ciel, c'est une petite étoile. Ma maman est partie et j'attends qu'on vienne me chercher pour m'emmener où l'on voudra, qu'on vienne me laver à grosses bassinées de grande toilette, qu'on me frotte le dos et sous les bras et la nuque et les coudes et les creux des genoux.

* *
*

Ça commence l'absence. Ce n'est pas un vide mais un trop-plein sans personne à qui donner.

J'ai pris une cuite monstre hier, j'ai traîné jusqu'aux heures tordues de la nuit. Je n'ai pas eu de joie – un petit pincement de honte au cœur, peut-être.

Jusque-là j'étais abruti de tranquillisants. Ils m'empêchaient de trembler le jour et de rêver la nuit. Du moins effaçaient-ils les cauchemars au réveil.

J'ai arrêté les cachets. J'ai rêvé cette nuit et je m'en souviens très bien.

Le pire c'est le téléphone. Nos coups de fil quotidiens, deux, parfois trois. Quand on sonne, j'ai des millièmes de seconde ce réflexe de croire que c'est toi, que je vais entendre la voix enjouée masquant la peur. Et que je vais lui répondre de ma voix enjouée masquant ce que je sais.

* *
*

Il y a peut-être des gens qui se reposent dans l'idée que ceux qui partent sont partis à demi conscients, dans une insouciance utopique, le coma d'éther bleuté ou je ne sais quoi d'un grand apaisement cosmique qui précéderait la mort. Moi je ne peux pas. Deux heures avant, l'infirmière me disait que tu étais très angoissée. J'ai demandé qu'on te donne des anxiolytiques. Elle a dit que c'était déjà fait. J'ai dit : « Alors augmentez la dose. » Elle a répondu qu'on ne pouvait pas le faire sans causer un traumatisme respiratoire. Jusqu'au bout, l'angoisse. La boire jusqu'au bout. Afin de bien goûter ce qui arrive.

* *
*

Ils t'ont mise en terre et je suis descendu au trou.

L'autre soir, l'acteur M. S., à propos de la mort d'un ami scénariste, s'énervait : « Je sais ce que vous allez dire, ce que tout le monde dit : "The show must go on, la vie continue." On enterre la mort plus vite que le mort, on l'efface, elle doit disparaître. Oui, ça continue, mais lui il n'est plus là, il n'est plus là ! Ce n'est pas pareil. »

Je rêve et elle est de tous mes rêves. Elle est vivante. Nous allons et venons, nous croisons beaucoup de gens que nous connaissons. Ces gens ne s'étonnent pas de la voir vivante, mais me regardent d'un œil noir. Ils pensent que je leur ai menti en prétendant qu'elle était morte, que la farce est de très mauvais goût. Évidemment, ils ne s'en plaignent pas, font comme si de rien n'était, par égard pour elle. Je voudrais leur dire que j'étais sincère, que je le croyais vraiment, on me l'avait dit, je l'avais vue dans son lit. Mais comment le dire en sa présence ? Alors, tout en marchant à côté d'elle par les rues et les avenues, je suis pris d'angoisse à cette idée : tous ceux qui ne sont pas dans le rêve, tous ceux que l'on n'a pas croisés, il faut les prévenir au plus vite. Comment revenir en arrière, leur avouer mon horrible méprise ?

Encore rêvé d'elle et toujours dans cet embarras panique : comment vais-je expliquer aux amis que je les ai abusés ? Il y a de ces amis qui me parlent (pour donner le change ? me consoler ?) de leurs deuils à eux. Ils disent tout leur regret de n'avoir pas pu dire à celui ou celle qu'ils aimaient et qui est parti à quel point justement ils l'aimaient. Parti sur ce non-dit, cette froideur terrible.

Moi, je ne peux pas leur complaire, je ne m'y retrouve pas. À quel point je t'aimais, je crois te l'avoir montré autant que je le pouvais. En étant là, en n'étant pas là quand être là aurait paru suspect. Moi je leur dis : « Maman savait que je l'aimais. » Je n'ai plus que cette certitude-là pour la vie.

Mais ce que je ne t'ai pas dit, c'est que je ne me consolerais jamais de ta disparition, que tu me manquerais toujours. Et je ne l'ai pas dit parce que le dire t'eût fait trop de mal. Et puis aussi parce que tu le savais, ça, ce que tu resterais pour moi, quel grand vide évident tu creuserais en moi. Tu le savais et même tu en avais honte.

* *
*

Les images reviennent. Ainsi ce dîner de nouvel an passé avec des amis à moi, dans une brasserie que tu aimais bien. Tu étais belle, mes amis te l'ont dit, et tu as répondu : « Ben oui, je sais. »

(C'était ton défi, ne pas enlaidir. Et je te rassure : Tu es morte belle. Jeune et belle. On m'a donné cet imprimé des hôpitaux qui demande aux proches d'apporter une tenue pour l'ensevelissement. J'ai dû choisir ta dernière robe. On m'a conseillé des choses strictes, des tenues de deuil. Mais moi je savais bien que le deuil était pour nous, ta mort en nous. J'ai choisi la dernière robe de nos dernières sorties, très décolletée, moulante avec un pli autour des hanches qui t'allait si bien. Je t'ai fait partir sous les applaudissements de nos fantasmes.)

Ce soir de réveillon, tard, tu étais fatiguée. Tu as voulu rentrer. Je t'ai proposé – pour que tu ne sois pas de ces malades que l'on ménage, que l'on humilie à force d'attentions – de t'emmener avec nous dans une fête où nous allions poursuivre la nuit. Tu as dit non. Comme il n'y avait pas de taxis, tu as décidé de prendre le dernier métro. J'ai dit que c'était de la folie, puis je t'ai accompagnée jusque sur le quai. Je savais que tu avais peur, et je savais que pour rien au monde tu n'aurais voulu écouter cette peur. Et tu as eu peur, parce qu'il y avait des types soûls partout et beaucoup de bruit. Comme promis, je t'ai appelée pour m'assurer que tu étais bien rentrée. J'étais à ma fête, à la joie de retrouver des bras qui m'aimaient. Tu as dit, joyeuse : « Amuse-toi bien. »

J'ignore si je me sens coupable. J'ignore, dans ce cas, si tu l'accepterais. Tu me l'as tellement dit : « Vis, fais ça pour moi, pour ce que je n'ai pas vécu et ne vivrai plus. » Aujourd'hui, je ne fais plus ça pour personne ; aujourd'hui, est-ce que je vis ?

* *
*

On s'arrêtait la nuit sur le bord des routes, on volait les iris mauves plantés au-devant des maisons. On cueillait dans les champs de blé les coquelicots et les bleuets, on en faisait des gerbes nouées par l'un de tes foulards roses. Très vite, les coquelicots se fanaient, trop fragiles, cuits au soleil de la plage arrière, et je regardais sans tendresse leurs tiges amollies, leurs pétales fripés.

Iris et violettes, les fleurs de ta couleur préférée après le noir. Aujourd'hui, très souvent encore, il me faut passer devant l'étal du marchand de violettes à Denfert-Rochereau. Il me reconnaît chaque fois, chaque fois je vois son regard me fixer puis glisser ailleurs, désolé. Le vieux marchand n'a jamais demandé pourquoi j'avais cessé d'acheter ses violettes.

Dans deux jours, c'est la fête des mères. Ça s'écrit partout sur les murs, sur les écrans, dans les pages publicitaires des journaux. Des gens font des gaffes et s'en excusent. Mais moi j'ai des sursauts du cœur en arrière, des flashes lancinants : c'est toi dans ton lit blanc, morte on m'a dit, et je n'ai pas encore compris quel désert le mot creusait.

Dimanche, je n'embrasserai personne. Chaque année c'était une semaine à chercher des cadeaux. Et je râlais : quelle chienlit ces fêtes pétainistes, on s'agite, c'est pas drôle, on ne sait plus quoi offrir. J'aimerais pouvoir râler encore, jouer les très-occupés pour qui courir les magasins deux heures est un sacrifice inestimable à l'autel de l'amour filial.

Mais je voudrais qu'on me dise : qui m'appellera trop tôt le matin, qui me demandera de me coucher moins tard toutes les nuits ? Contre qui pourrai-je tempêter, la voix rauque au réveil du fumeur alcoolique, de qui me plaindre ? Qui m'envahira ?

Et moi, qui appellerai-je quand ça va si mal qu'on a envie de dire que tout va bien à quelqu'un que ça rendra heureux qu'on aille bien ? Qui appellerai-je pour me forcer à aller bien ?

Parce qu'il faut les inventer, les raisons au bonheur. Ça va être facile, maintenant, du velours pour la détresse : je vais pouvoir me laisser aller mal. Et c'est toute une vie sans te voir, sans t'entendre, sans te toucher... une vie qui n'en veut pas finir, une vie à perte de vue d'où la mer se retire à vitesse prodigieuse, ne laissant derrière elle que désert de cendres. Ne laissant derrière elle que désert, que cendres. Sans promesse, sans plus rien.

Et dans cette étendue un enfant – l'autre – avance à découvert. Il cherche des fleurs à cueillir. Sur ce grand sol nu, indécent, il cherche des fleurs. C'est cela qu'il fait, l'enfant, l'autre.

* *
*

Le jour t'a ravie, il me reste les nuits. Chaque nuit dans le rêve tu es là. Tu reviens toutes les nuits. C'est notre rendez-vous clandestin.

Les gens vont croire que je fais des cauchemars, que l'on s'y tord dans des douleurs d'opérette, des flots d'hémoglobine. Pas du tout. Notre rendez-vous nocturne est paisible. Il fait toujours soleil. Nous sommes en voyage, nous séjournons dans des demeures isolées au milieu de grands parcs verts, protégés de hauts murs d'enceinte. On est sans apparence, on a mis des habits de tous les jours, tu n'es pas coiffée, pas maquillée, ainsi que je te préfère. Parfois tu dois passer dans des cliniques, mais c'est sans inquiétude – des contrôles de routine–, tu en ressors, je viens te chercher et nous reprenons le voyage. Tout le long du voyage, j'écris, j'écris le roman du voyage. Ainsi de nuit en nuit, dans l'ombre des grands parcs. Et chaque fois je me demande : Comment vais-je faire pour revenir en arrière, leur expliquer que le roman s'est dévoyé. Supporteront-ils que j'aie changé la fin de l'histoire ?

* *
*

La nuit dernière, j'étais plus angoissé. Moi aussi j'avais cru sérieusement à ta mort. Ayant fait le nécessaire, une somme de papiers m'arrivaient du notaire, de la perception, de la préfecture de police, qui entérinaient ta mort et disaient que je te succédais. On m'annonçait ton retour et je suffoquais, je pleurais de terreur parce que je ne pouvais plus dans la minute corriger tous ces papiers ni te les cacher. Et je criais : Mais comment acceptera-t-elle d'avoir été rayée si vite, si légèrement ?

On s'arrange avec le pire, comme tu disais. C'est ainsi, par cet artifice des nuits, que je m'arrange avec toi disparue. Alors, certains matins, je voudrais dormir pour l'éternité, si l'éternité est un film avec toi. Et certains soirs, je voudrais ne plus jamais fermer les paupières si rêver c'est te retrouver pour mieux te perdre, encore, au réveil.

* *
*

À quoi sert de pleurer si les larmes, au lieu de te soulager, te font mesurer l'étendue qui reste à souffrir. Il y a des douleurs devant lesquelles les glandes lacrymales se défilent, sachant qu'elles n'en viendront pas à bout. C'est trop, elles devraient fournir un tel infini de larmes qu'il leur faudrait l'aide de Dieu, un miracle égal à celui des vierges de pierre qui parfois, dit-on, pleurent du sang. Alors on est dans la douleur sèche, qui s'irrite elle-même, lancinante comme les toux sèches.

(Je n'ai pas tant pleuré. Une heure peut-être à ton chevet, dans tes cheveux. J'aurais voulu t'embrasser plus encore, mais mes mains qui pétrissaient la peau sur tes os perdaient courage à mesure que le froid te gagnait. Tu étais tiède comme un nouveau-né, puis tu as été froide. J'ai aimé tout de suite tes lèvres et tes paupières froides, comme je les avais aimées chaudes près de trente années. Je t'ai trouvée belle morte aussi sûrement, irréversiblement, que je te trouvais belle dans tes rires, tes parures, tes chagrins. Tu n'avais plus de colère, plus d'angoisse. Tu étais morte avec cet air simple de dormir profondément. Alors dors, dors. J'ai dressé les sentinelles.)

* *
*

G. m'a supplié le jour où l'on t'a mise en boîte de ne pas garder de toi cette dernière image. De l'effacer.

Tandis que moi je veux tout garder, je n'en ai pas eu assez, je manquerai encore d'images de toi.

Je manquerai un jour peut-être d'une maman vieille à macarons gris, à mains tavelées, à fanons tremblotants sur un cou décharné. Peut-être que je manquerai de toi alors, quand j'aurai oublié que morte jeune, tu étais morte belle.

* *
*

Les fleuristes ont demandé quelle étiquette ils devaient coller sur le bouquet d'iris. *Plaisir d'offrir* ou *Bonne fête Maman*. Je ne répondais pas, ils ont insisté : « Plaisir d'offrir ? » Je n'ai pas eu le courage. J'ai dit : « Si vous voulez. » Ils m'ont regardé d'un air suspicieux.

Le métro, l'autobus me mènent jusqu'à toi. Il faut soutenir la présence des voyageurs, ceux qui épient les larmes derrière les lunettes noires et ceux qui feignent de ne rien voir.

Je suis seul. Mon cœur se serre d'un cran – dans ces moments on se souvient que le cœur est un muscle – et gronde combien l'on est seul à ce travail quotidien de vivre. Combien l'on fatigue, seul et laborieux.

Chaque fois c'est pareil. À l'idée d'aller te voir là-bas, la douleur fait des bonds de cabri puis des lames de fond. C'est un volcan sous-marin qu'on ranime. La veille j'ai peur. Le matin je tremble et, plus tard, dans le métro, je pleure ou plutôt non : ma bouche se tord de tics inconnus qui peuvent durer des heures, et les larmes que je crois sentir ne coulent pas. Mais plus l'autobus me rapproche, plus les tics s'espacent. La douleur n'est plus alors qu'une petite veilleuse allumée sur mon épaule et, lorsque je suis près de toi, devant l'écran de granit noir, je sens une grande paix paradoxale se faire.

C'était une illusion. Aujourd'hui, fête de toutes les mères, je n'ai pas trouvé la paix auprès de toi, enfouie invisible sous ta dalle noire – ce noir qui te va si bien. J'ai voulu d'un pas ferme franchir les grilles du cimetière, d'un pas vaillant longer les allées de cyprès, d'un pas digne me tenir devant toi. C'est à genoux que je suis entré dans ta nouvelle cité, à genoux et me cachant la face sous mon écharpe relevée. Il était vide le cimetière, gris et nu. Une parodie pompéienne de cadastre. Les hommes ont bâti des ruines fraîches pour que la mort en son décor soit vraiment une défaite, un véritable abandon. Dans les allées j'ai pu pleurer tout mon soûl, j'ai pu crier – j'ai pu te parler à voix haute.

Le ciel était d'accord avec moi, c'était une mauvaise fête : à peine étais-je à tes côtés qu'il a gémi, le ciel, un vent dingue a soufflé et des gifles de pluie. L'eau battait mes épaules, cinglait mon visage, sur le granit noir elle faisait une fontaine. C'était bien comme ce devait être. J'ai remercié l'orage. Et je t'ai crié de revenir, que la farce n'était pas drôle. Tu n'as rien promis. Des pas grattaient le gravier derrière moi, je me suis enfui.

* *
*

Mais moi ce qui me manque, c'est de te toucher, c'est de te serrer, c'est d'avoir tes cheveux sous mes doigts, c'est d'avoir ton ventre à embrasser et ton dos, même malade, lorsqu'on y frictionnait l'alcool camphré censé te soulager.

Il faut dire : avant de mourir, quelques mois avant, tu as été très belle, au sommet de ta beauté, comme les étoiles brillent plus fort une dernière fois, ne sont jamais aussi lumineuses qu'avant de s'éteindre. La maigreur finalement t'allait bien, te rajeunissait au lieu de te flétrir. Des gens l'ont dit : « Elle n'avait pas une ride, malgré tout, après tout. » Les radiothérapies, les chimiothérapies, les anesthésies qu'on n'arrivait même plus à compter : pas une ride, une peau fraîche et dorée, des cernes d'adolescente, juste des cheveux blancs.

Tu n'as pas niqué la mort. Mais on lui a dit merde, à la vieillesse.

– Et vieillir pour moi maintenant : un chemin d'ornières dont l'horizon seul m'essouffle. Ça suit son cours.

* *
*

Ce qu'on m'a dit, que tu n'as jamais su : j'avais un an. Tu es partie quinze jours en bord de mer te reposer et tu m'as confié à P. Elle raconte qu'au long de ces deux semaines je n'ai cessé de t'appeler. Jour et nuit, ton nom. Elle dit que je m'étouffais à force de t'appeler, qu'elle essayait de me distraire mais, vingt secondes plus tard, ça reprenait. Elle a dû me bercer des heures pour m'endormir, je fermais les yeux puis, quelques minutes plus tard, je les rouvrais, fixés au vide du plafond, et la litanie reprenait. P. dit qu'elle en a pleuré d'impuissance. Qu'elle a voulu t'appeler pour te dire de rentrer à Paris. Mais elle a renoncé : tu étais si fatiguée.

Ces choses-là se décident très tôt. Très vite il n'est plus temps de reprendre ce qui a été donné.

P. raconte encore que le jour où mon père est revenu de l'armée (c'était la guerre d'Algérie alors, les hommes partis une nouvelle fois), j'avais trois ans et je ne l'ai pas reconnu. J'ai dit clairement, à la consternation de tous : « Je ne veux pas de cet homme. Je ne veux pas que cet homme dorme dans notre lit. »

Mais il ne pouvait plus rien, ce jeune homme de vingt ans, si beau, qui était mon père. Personne ne pouvait plus rien à ce qui s'était passé dans ces trois années d'absence. Notre histoire s'était faite sans lui. Il vivrait toujours à côté de notre amour.

– Non, ne me parlez pas des guerres. Les guerres ont tué l'homme bien au-delà de sa saison.

Et il y a les ignorants de la boîte aux lettres : des gens qui t'écrivent, des copains dispersés aux lointains du monde, des relations intermittentes, il y a ces cartes postales de la Réunion, de Guadeloupe ou de La Baule – qui te souhaitent d'aller mieux, qui disent : « À la rentrée, prenons le temps de nous revoir. »

Il y a les étourderies fatales du marketing direct : ces réclames personnalisées qui t'appellent « Chère Éliane », il y a le *Nouvel Observateur* et ses nouveaux cadeaux d'abonnement, il y a les clubs de vacances qui te disent : « Envolez-vous tranquillement pour le soleil. »

* *
*

On met les affaires dans un sac poubelle. J'étais allé les chercher pour Albertine ; j'avais vu alors, terrifié, l'infirmière mettre les vêtements encore tièdes, encore parfumés, dans ce sac de plastique gris. Je refusais d'imaginer qu'un jour il faudrait aussi te mettre en sac poubelle. Et pourtant elles l'ont fait. Ainsi finissons-nous donc. Pour les temps modernes, amen.

Il faut rendre tes papiers pour les détruire. Sur le dernier talon de ton dernier chéquier, on peut lire la mention « cadeau Gilles ». Jusqu'au bout, donc. Jusqu'au bout.

* *
*

Ils sont longs les jours, elles sont longues les nuits à tourner en rond quand je sais que tu n'appelleras pas.

Voilà : je suis sur le périmètre d'un cercle vide qui est moi.

Et je me dis : Dieu ne vous rappelle pas. On se rappelle à Dieu.

J'ai perdu toute image de moi.

Tu découpais mes articles dans les journaux, tu les gardais à ma place – moi, j'oubliais de les classer, je les perdais. Tu les conservais dans une chemise. Tu n'as jamais dit si tu les trouvais bons. Tu t'en tenais à ce rôle d'être mon archiviste, ma mémoire. Tu n'as jamais dit non plus si mon premier roman était bon. Tu as dit : « C'est bien écrit. » C'est tout.

J'ai rappelé le docteur B., je lui ai dit : « Je suis séparé de moi. » Il a dit : « Quelle date vous conviendrait ? »

* *
*

Il y a deux nuits, dans un bar espagnol, j'ai rencontré P. R. qui m'a voulu et qui déjà me fait souffrir. Autrefois j'allais te voir quand les amours tournaient mal. Auprès de toi, j'avais toujours mal mais cette certitude de quelqu'un qui me serait fidèle, indéfectiblement. On riait, on ouvrait du champagne. Tous ont vécu à côté de notre amour.

Aujourd'hui c'est seul que je suis revenu chez toi. La solitude m'aspire, me suce de l'intérieur. Solitude, vieille goule amoureuse, roulée en boule au creux du bide et s'y délectant. Toi, le grand ver solitude !

* *
*

J'ai retrouvé des photographies en vrac dans un tiroir : visages rieurs de Juliette, Albertine, Marthe, mes trois grand-mères, ma traversée du siècle. Visage de Maxime peu avant la mort, le regard perdu loin, si loin de tout.

Visages aussi des premières amours, avec dans le regard, sur la peau fraîche, la promesse d'aubes menteuses : J. à la troisième overdose a enfin réussi son coup. G. a succombé aux mains trop nerveuses d'un violeur dans le parking de son immeuble. Je ne te l'ai jamais dit parce que tu les aimais bien et surtout parce que tu aurais projeté dans leur mort tous les dangers de mon âge. Il n'était pas question que les enfants puissent mourir, c'était impensable et tu avais assez d'impensable à penser déjà.

(Un jour, très jeune, j'ai écrit un roman. Un éditeur, pourtant peu frileux, a trouvé qu'il y avait trop de morts là-dedans, trop de drogue, trop d'alcool, trop de violence et de nuit. Il a trouvé ça « complaisant ». J'aurais préféré qu'il dise simplement que c'était mauvais : au moins ma vie n'aurait-elle pas été déniée. La fiction serait-elle une fillette fragile qui n'en peut trop supporter ? Au-delà d'un certain seuil de souffrance, la fiction n'accepte plus le réel, elle n'en a tout simplement pas la capacité. Ce sont là ses limites : si elle dit tout, elle exagère. Elle outrepasse son domaine, déborde sur celui réservé au seul Dieu. On peut toujours rêver d'un sacrilège, du viol de cette littérature effarouchée qu'on va forcer à un réel obscène. L'étrange, c'est que tous ceux qui l'ont tenté ont abouti à une nouvelle préciosité.)

mai

Je déjeune avec P., ma tante. À peine sommes-nous installés à la table de restaurant qu'elle a besoin de dire quelque chose. Je la sens anxieuse, très excitée. Elle parle sans cohérence de notre étrange famille, et soudain se décide : « Tu es un adulte à présent, il faut que je te dise quelque chose qu'on t'a toujours caché. »

Elle regarde de tous côtés, vérifiant qu'aucune oreille n'est tendue vers nous, rougit, baisse d'un ton : « On est juifs. »

À mon absence de réaction : « Tu le savais ?

– Non, mais vous l'avez tous mal caché, et je m'en doutais avant même de m'être un jour posé la question. »

P. raconte ses souvenirs de mon enfance. Elle dit que j'étais un enfant jovial, optimiste, disert – et même franchement bavard. Que je voulais être diplomate « parce que ça suffit les guerres partout dans le monde ». De moi, je n'ai de souvenir que le silence, une enfance d'ennui et d'anxiété. J'étais cet enfant dont un pédiatre disait de surveiller le moral. Je me souviens que je voulais être pilote de course.

Dans notre passé, il y a eu des moralistes, des gens se croyant psychologues pour te dire qu'une mère qui se fait aimer de son fils aussi fort risque d'être une mauvaise mère. Il y en aura encore pour le dire. À ceux-là moi je dis que ce serait vrai si la vie plus tard proposait des histoires à la hauteur. Mais ce qu'elle offre, la vie adulte, c'est du n'importe quoi d'amour. Et même lorsque c'est quelque chose, même si quelqu'un retient vos pas, qui le méritait, ça ne va jamais chercher très haut. Ça finit toujours plus ou moins à hauteur de pigeon. Nous, regarde, c'est dans les étoiles. Tu disais parfois : « On les emmerde », et tu riais.

Car enfin, qu'est-ce que l'amour d'une mère ? – Un amour qui ne trahira pas. Il est même, ce premier amour qui n'a pas trahi, la lumière native devant quoi pâlit tout le reste : après lui, tout n'est forcément que dégradation, ou disons : farce, singerie. Cent francs l'amour.

Il y a des mères qui tuent leurs enfants. Maman se passionnait pour cette affaire V. très célèbre dans nos années, d'un enfant retrouvé ligoté au fond d'une rivière. Sa mère l'aurait assassiné.

Maman disait que c'était faux, une mère qui tue si cruellement ce qu'elle a mené à la vie.

Il y a des gens qui ont écrit là-dessus – moralistes, psychologues, pourfendeurs d'âmes – et ma mère ne les entendait pas. Puis elle a douté. Un soir, elle a vu Maria Callas dans le *Médée* de Pasolini. Puis elle a dit : « Je crois qu'il vaut mieux se taire sur cette histoire. » Elle n'en a plus jamais parlé.

* *
*

Disons-leur : Oui, tu fus la seule femme de ma vie – et les autres, pâles reflets dénaturés, images de substitution et encore – inefficaces.

Disons-leur : Oui, j'ai cherché tes yeux d'encre et ta peau d'ambre dans tous les visages que j'ai aimés. Et qu'est-ce que ça fait ?

* *
*

Tu n'as pas vu la victoire de l'extrême-droite aux dernières élections. Tu aurais encore eu peur d'une guerre. Notre dernier dîner ensemble avant ta mort, tu t'étais révoltée. Après le triste « sida mental » d'un éditorial du *Figaro* qui t'avait choquée, c'était dans la bouche du chef de l'extrême-droite française les mots de « sidatoriums » et de « sidaïques ». Ça te dégoûtait. Comme te dégoûtaient ces tics de langage de la classe politique qui voyait partout des « cancers de la France ». Tu disais qu'on n'avait pas le droit d'exploiter si facilement, pour de dérisoires effets de style, la souffrance et l'angoisse de gens seuls au fond d'un lit, qui, déjà au ban de la société, n'avaient nul besoin d'être enfoncés, renvoyés sans cesse à l'abomination de leur maladie. Tu proposais qu'on édicte, à l'intention du chef de l'extrême-droite française, une mise en quarantaine de tous les borgnes et qu'on les rebaptise d'un tragique « borgnole ».

Je me rappelle cet autre dimanche de mai, voilà deux ans. Nous étions allés voter puis nous avons bu le champagne dans la fin d'après-midi. Il faisait doux, par la baie ouverte les arbres bruissaient en s'écartant, rideaux de notre éternel théâtre à nous deux. On riait, parce qu'on avait eu peur, encore une fois, peur pour toi, persécutée de chaque jour par la maladie mortelle. J'avais si peur, depuis si longtemps, que tu meures, et cette peur était devenue la vie même. Souvent je me demande où tu as puisé cette force de tenir encore, toutes ces années, dans quelle région encore non sinistrée de l'espoir tu allais chercher un peu de courage, un peu d'oubli. Et parfois je comprends un peu mieux mes propres empêchements de vivre, je revois mon adolescence, puis mes vingt ans, obsédés par cette menace de ta disparition, frappés de souffrance quand tu souffrais.

Longtemps les choses politiques t'étaient passées au-dessus de la tête. Seule constante pourtant : ton mépris de De Gaulle, ce chef dont la bruyante victoire était ta défaite d'enfant.

Et je te retrouve dans la cour de ton école, seule, volontiers à l'écart, fuyant le babil et la liesse de tes petites camarades qui avaient retrouvé leur père. De Gaulle leur rendait leur père. Chaque jour il arrivait de nouveaux pères de partout, chaque jour l'espoir de voir rentrer le tien se réduisait à un serrement de poitrine. Ton père n'est jamais rentré. On t'avait menti. Un jour, plus aucun prisonnier n'arriva. On ne ravitaillait plus en papas. Les greniers à pères de l'Allemagne nazie et du gouvernement de Gaulle étaient vides.

C'est là, à cet endroit de ton histoire, que je te retrouve toujours quand je pense à toi petite fille. Tu ne m'as parlé qu'une fois de cette attente qui a duré des années, tu m'en as parlé tard, comme si, même avec l'âge adulte, la blessure ne s'était jamais refermée de la honte d'un père qui n'était pas rentré. Oui, il avait promis de revenir pour t'arracher à ta mère, pour s'enfuir avec toi.

Il était beau, couleur de pain d'épices avec de grands yeux verts, et tu lui ressemblais, fière en dépit de ta mère qui se lamentait de tes yeux trop noirs et de ta peau brune. Ta mère qui te parlait de la beauté de ses nièces, si blondes elles, miraculeusement blondes, avec des yeux bleus et vides de poupées. C'était l'époque des Michèle Morgan, des Danielle Darrieux - et toi tu étais noire, fille de métèque, vilain canard. (Tu avais dû choisir ton clan : la famille de ton père, essaimée sur les côtes de Tunisie et d'Algérie ; l'été, tu prenais des bateaux pour rejoindre ces cousins-là qui te faisaient la cour et te reconnaissaient dans le miroir.) Mais les modes sont changeantes. Quand fut venu pour toi le temps de séduire, les idoles s'appelaient Sophia Loren, Claudia

Cardinale, Anouk Aimée. Les garçons dans les bals te demandaient d'où tu venais et toi tu répondais, par défi, parce que c'était la guerre d'Algérie, que tu venais d'Oran. « Oranaise, s'exclamaient-ils en resserrant leur étreinte à ta taille, ce sont les plus belles, les filles d'Oran ! »

Et puis le temps t'a donné ta revanche : les années passant, les poupées blondes étaient devenues de grosses femmes, la paille de leurs cheveux du foin oxygéné, leurs belles joues roses avaient pris couleur de vinasse – la couperose. Ta mère ne parlait plus des cousines.

Un futur avril

« Mon père dit qu'un homme est la somme de ses propres malheurs. On pourrait penser que le malheur finirait un jour par se lasser, mais alors c'est le temps qui devient votre malheur, dit Papa. Une mouette suspendue dans l'espace à un fil invisible planait. On emporte le symbole de sa frustration dans l'éternité. Alors les ailes sont plus grandes, dit Papa, mais qui sait jouer de la harpe ? »

WILLIAM FAULKNER
Le Bruit et la Fureur

Lorsqu'on a perdu le meilleur de soi, lorsque Dieu en son absence a laissé faire ce qu'on redoutait le plus, on croit un temps que plus rien ne succédera à son malheur : on n'éprouvera plus rien. Erreur. Il reste la peur. Celle-là même que l'on éprouvait quand la menace n'était que menace, avant sa mise à exécution. Ta mort n'a pas aboli la peur.

Elle demeure, la peur, qui ne peut même plus à présent se jouer la comédie de l'espoir et de la volonté. Peu importe que cette peur nous freine ou nous libère, qu'elle soit un poids mort ou un moteur. On s'en fout : il ne nous reste qu'elle de la famille des émotions, et un sentiment négatif est toujours préférable à une absence de sentiments. Alors, on ne va pas préjuger de ses vertus : il ne nous reste qu'elle pour nous tenir en vie, pour nous laisser, même dans l'angoisse, un cœur battant.

* *
*

Je suis ce fils à genoux qui implore les dieux qu'il n'a pas.

* *
*

C'est une place carrée d'une ville d'Italie, dans une lumière édulcorée de fin d'été. C'est à Sienne. Je ne sais pas pourquoi, je ne suis jamais allé à Sienne, mais c'est à Sienne.

Tu marches devant moi, ou plutôt non : vous marchez devant moi, C. et toi. Il ne dit rien, il est à tes côtés, dans cette attention inquiète et tendre qui était la sienne depuis ce jour où il a su qu'il allait te perdre.

Je te vois, ton dos si maigre, avancer mal assurée sur tes hauts talons, dans ta robe noire flottant en plein soleil. Tes épaules se sont doucement affaissées, comme finissent par se courber tous ceux qu'un mal de poitrine ravage. Nous entrons tous les trois dans cette église au nord de la place. À l'entrée de l'église, une statue de pierre moussue : saint Michel, aux yeux de bronze verdi, terrassant le dragon.

Je n'entre pas dans l'église. Je ne vois pas de quoi remercier Dieu : de t'avoir accordé ce sursis ? Tu nous reviens de la mort, mais c'est une fausse convalescence : nous savons bien que tu retourneras à la mort.

Je vous laisse entrer, je rejoins l'hôtel – un de ces vieux hôtels italiens, à la façade d'ocre délavé, aux persiennes toujours tirées. Je traverse le grand hall dans la pénombre, les voix résonnent sous les hauts plafonds. Dans la chambre, je retrouve P. qui prenait le soleil au balcon et, m'entendant entrer, se précipite à ma rencontre. Nous parlons à mi-voix, je chuchote comme s'il y avait à craindre des témoins invisibles. Je dis dans un souffle : « Tu sais, c'est un cas de résurrection. On ne peut pas appeler ça autrement : une résurrection. »

P. hoche la tête, ses yeux tristes pleins d'une pitié impuissante, et dit : « Oui, il vaut mieux ne pas l'ébruiter, c'est trop délicat. »

Je repars vers l'église, je reviens vous chercher, mais vous n'y êtes plus. À l'entrée de la crypte, saint Michel est toujours là, le bras levé pour frapper (et dans ses yeux vert-de-gris, la douceur dément le geste), mais le glaive a disparu d'entre ses doigts, ainsi que le dragon à ses pieds. Le prêtre m'attend à la sortie. En bas des marches, il me prend la main entre ses deux mains froides et me répète les mêmes mots qu'au jour de ton enterrement : « Je ne vous oublierai pas, jeune homme, croyez bien que je ne vous oublierai pas. »

Je chasse les images de ton malheur. Je chasse le souvenir de cette soirée où tu t'es écroulée en pleurant dans les bras de P., que tu n'aimais pas parce que P. m'avait ravi à toi. Toi qui t'effondrais si rarement, tu avais choisi pour le faire des bras ennemis. C'est peut-être plus simple d'abandonner son malheur à quelqu'un qu'on n'aime pas.

Je chasse les images de ton malheur parce qu'aujourd'hui, pour affronter l'idée de ta mort, il me faut t'inventer une vie qui eût été autre chose que souffrance et solitude. Une vie qui ne serait pas seulement chiennerie, chiennerie ambulatoire.

Cette image-là pourtant résiste, de ma mère pleurant devant un miroir : un matin que j'étais chez toi, je suis entré sans frapper dans la salle de bain. Tu étais nue, debout devant la glace, immobile, la brosse à cheveux pendant au bout d'une main, tu te regardais et tu pleurais. Avec un temps de retard, comprenant que la porte s'était ouverte, tu as sursauté. Plus tard, dans l'après-midi, tu as voulu me montrer ta cicatrice, ce massacre sur toi perpétré. Ton regard était humble, tes joues se sont empourprées lorsque tu as dégrafé le haut de ton corsage. Tes doigts tremblaient, malhabiles. Tes yeux semblaient me supplier : « Vois et dis-moi. Dis-moi si l'on m'aimera encore dans cette dégradation. »

* *
*

Cette nuit-là, tu voulais mourir. Tu laissais sur ton chevet un mot à mon intention, tracé d'une main tremblante : « Jeudi je t'aime. Pardon Je suis désespérée Ils m'ont tous fait trop de mal. Ma plus belle histoire d'amour c'est toi. »

Tes lettres des jours heureux, pourtant, me répétaient la même promesse : Aie confiance, je serai là jusqu'au bout, avec toi.

Lequel des *Ils* t'avait donc blessée ce jour-là, que tu trahisses ainsi tes serments ? Celui qui défonça la porte et appela les secours ? Celui qui n'était pas là pour défoncer la porte ?

Ils y ont cru, eux, que tu voulais vraiment mourir. Pas moi. Moi je sais bien qu'au moment de partir tu aurais eu tout autre chose à me dire. J'ai compris que ce mot, à moi adressé, était à l'intention d'un autre :

celui des *Ils* qui, suffisamment amoureux, forcerait ta porte et le trouverait. Et puis je sais qu'un lavage d'estomac, une nuit à l'hôpital n'étaient pas pour te faire peur : tu en avais vu d'autres. C'était assez bien joué, petite mère.

(Jeudi, oui, et vendredi, samedi, dimanche, et lundi, mardi, mercredi. Jeudi comme on s'aimait.)

Tes amants et moi, on s'entendait fort bien. Ils s'interdisaient toute remarque à mon égard et je les trouvais également sympathiques. Les plus malins te disaient que j'étais quelqu'un de bien. Seul C., je crois, m'aimait vraiment. Mais celui qui cette nuit-là força la porte, je le détestais. Celui-là était fou, un officier autrefois soigné pour névrose de guerre et visiblement mal soigné : il n'y avait plus en lui que haine du monde mais une haine fort banale, dirigée contre les métèques, les hommes de gauche, les artistes, les drogués, etc. Je le détestais, non pour le mal qu'il pensait de moi et de mon existence, mais parce qu'avec lui, en acceptant cette haine, tu niais toutes les valeurs que tu m'avais enseignées. Pauvre petite mère : fallait-il que la solitude fût grande, que tu aies accepté le pire pour avoir quelqu'un à tes côtés.

Lui aussi était marié. Régulièrement, il m'annonçait son divorce, et combien il t'aimait, voulait te sauver.

Mais je voyais surtout combien il t'abîmait. Il buvait et tu t'étais mise à boire. Tes rires étaient affreux et tu devenais laide. Un soir que nous dînions avec lui, j'ai dit ce que je pensais de sa haine, de son cirque et de son amour pour toi. Il t'a sommée d'intervenir, de me faire taire. Tu as dit : « Mon fils n'a pas été élevé à se taire, et vous oubliez qu'il est chez moi chez lui. » Tu semblais très calme et pourtant je me souviens comme ton regard brillait de fièvre et de larmes lorsqu'il a claqué la porte. Tu as dit en riant, jouant les indifférentes : « Bon vent. » J'ai dit : « Il rappellera, c'est un lâche. » Tu as dit : « Je ne décrocherai pas. C'est un con. »

* *
*

Le journaliste S. J. m'interroge sur mon entourage, parents et amis. Je parle de la chanteuse S., je dis que ma mère aussi chantait, et s'habillait en noir.

« Elle chantait votre mère ? Chantait quoi ?

– Les chansons de l'époque, mais surtout Édith Piaf.

– Vous aimiez ce qu'elle chantait ?

– C'était ma mère, elle chantait, sa voix était grave, très grave et très puissante, sa voix triste emplissait tout l'espace. Aucune autre voix qui pût rivaliser avec la sienne et lorsqu'elle se laissait porter par sa voix, alors ses yeux humides s'en allaient loin, loin dans des régions de l'âme que seuls les chanteurs explorent. Je n'avais pas à apprécier ce qu'elle chantait. Le marin ne sait pas s'il aime ou non le chant de la sirène. La question ne lui viendrait pas : il va vers la voix, c'est tout. »

Nous habitions une chambre de bonne, porte d'Orléans, dont le seul luxe était un parquet à chevrons qui craquait lascivement sous les pieds. Maman l'entretenait comme une forcenée, l'étrillait à la paille de fer, le cirait, le briquait chaque semaine. Elle chantait.

Dans cette chambre il y avait aussi un coin-cuisine, une grande cuvette en plastique où elle me lavait. Dans la mousse jusqu'au coude, un gant victorieux à la main, elle chantait.

Il y avait aussi un poste de radio sur le cosy-corner qui encadrait le lit. La radio diffusait les voix du général de Gaulle notre ennemi, de François Mitterrand, de Waldeck Rochet. On écoutait, pas toujours. C'était l'époque où maman ne votait pas ou bien votait Michel Rocard (parce qu'il était jeune, séduisant et intelligent), et dans les deux cas affligeait mon père.

De la radio, elle reprenait tous les titres, sans discrimination : Charles Aznavour, Léo Ferré, Juliette Gréco, Johnny Hallyday, Elvis Presley... Mais ses deux vedettes préférées étaient Édith Piaf – dont elle avait vu tous les Olympia, se rappelant émue la fois où les Blousons noirs étaient montés sur scène et avaient enlevé dans leurs bras la petite dame usée qui chantait *L'Homme à la moto,* me racontant aussi un été à Saint-Raphaël où, ne pouvant s'offrir le billet du spectacle, elle s'était postée près des sorties de secours pour entendre, tout de même, la voix enchanteresse, comme évadée des profondeurs de la mer toute proche – et Barbara. Je me souviens, moi, des soirées à Bobino où elle m'emmenait, me promettant à grand renfort de publicité et d'imagination une merveilleuse « première partie » de music-hall. J'aimais ces intermèdes de cirque, les magiciens, les prestidigitateurs, les clowns, les ventriloques. Puis le noir se faisait. Et du noir, dans le silence des souffles suspendus, Barbara surgie s'installait à son piano, si noire, si frêle, si transparente dans ce décor nu, et chantait. Au premier titre, j'étais captivé par l'oiseau d'étrange augure dont la gorge se tendait comme un bréchet, doté d'ailes plutôt que de bras ; au deuxième, j'étais intrigué ; au troisième, mes paupières nictitaient ; au quatrième, je dormais.

Ces deux dames familières, Édith et Barbara, avaient pour moi ce dénominateur commun : elles s'habillaient toujours de noir. En noir été comme hiver, et, malgré les protestations intermittentes de la famille qui trouvait ça triste, presque dérangeant, une belle jeune femme revêtant la couleur des veuves et des nonnes, en noir maman chantait. Le matin, le jour, le soir, les nuits. Sa voix, oui, emplissait l'espace, le débordait de toutes parts, passait les vitres, la porte et même les murs exigus de la chambre. Elle chantait, tout faisait silence. Je retenais mon souffle pour ne pas troubler ce miracle : une voix.

Plus tard, devenu adulte, je rencontrai S. la chanteuse, elle aussi une voix, elle aussi des yeux d'encre, elle aussi toujours moulée de noir. Maman n'est jamais devenue chanteuse, Édith Piaf est morte depuis longtemps mais l'an dernier S. reçut, un soir de première, un télégramme de sympathie signé Barbara. Ainsi donc, à côté du zénana familial, le zénana musical des dames noires.

* *
*

Cette idée, l'année dernière, d'acheter une librairie. Tu ne voulais plus aller travailler. Pour la première fois, tu renonçais à cette activité sociale dont tu avais dit si longtemps qu'elle te maintenait en vie. J'aurais dû me méfier, reconnaître le signe de la fatigue dernière. Tu en parlas quelques fois en trois mois. Tu avais dû passer des journées au lit entourée de tes paperolles, tes blocs et tes calculettes (inutiles puisque tu finissais toujours par refaire les comptes à la main), noircissant des blocs d'additions pharamineuses et de soustractions vertigineuses, petite reine bourgeoise dans son lit.

À mon grand étonnement, tu avais très vite compris la Bourse. Toi que j'avais entendue dire, plus de vingt ans, que les chiffres étaient une occupation abêtissante et méprisable, je t'y voyais vautrée avec délices sans avoir rien perdu, pourtant, de ton âme. Tu m'expliquais longuement, avec patience, ces actions et ces obligations dans le détail desquelles, fils fidèle ayant retenu tes pamphlets de jeunesse contre l'arithmétique, je me perdais tout à fait.

Je me plais à t'imaginer ainsi, réglant du fond de ton lit tes affaires immobilières et mobilières, même si les conflits avec les administrations et les fournisseurs – le tapissier, le carreleur, le menuisier, jamais au rendez-vous, travaillant mal et mentant effrontément –, les conflits d'intendance t'épuisaient. Tu te révoltais encore, tu disais qu'il fallait pour les femmes seules se battre sans cesse et affronter l'insolence de tous ces hommes qui n'écoutent et ne respectent que les hommes. Qu'un homme gueule plus fort, menace et cogne plus fort, tandis qu'une femme, on pense toujours pouvoir la rouler sans trop de dommages.

Pourtant, tu as passé ta vie entourée d'hommes exclusivement, sans une amie, et tu disais en riant que la vie ne te donnerait jamais assez de nuits pour satisfaire tous les amants qu'on t'avait prêtés. Simplement, tu t'étais adjoint une nouvelle cour masculine constituée d'huissiers, de notaires, de conseillers juridiques, et tu fus assez fière que mon ami l'avocat H. P., qui acceptait de suivre tes petites affaires, fût aussi le défenseur du plus grand criminel des dix dernières années.

J'ai pris les mallettes en plastique où sont rangés les papiers. C'est lourd. Ça contient une vie. Une vie de papiers sagement ordonnés. Et je les promène comme n'importe quelles valises au bout du bras, avec cette impression de te porter en cercueil miniature par les rues, les trains, les voitures.

* *
*

Aujourd'hui j'ai trié les papiers, j'en ai découvert certains comme le livret de famille de tes parents, touchant avec sa calligraphie, ses pleins et ses déliés. Sur la page des époux, dans la case de ton père, un tampon : « Mort pour la France ». Sur la page des enfants, dans ta case à toi, un autre tampon : « Adopté par la Nation ». Voilà donc nos vies – des cases. Les divorces annulent les mariages, les décès annulent les naissances. Et lorsqu'il y a des guerres, des tampons en surcharge dans les cases. C'est terrible, les livrets de famille. Leur silence est implacable sur ce que fut la vie, la destinée, et comment passèrent les jours. C'est néant. L'homme a un nom, une date d'entrée, une date de sortie. L'homme n'a qu'à se taire devant ce rien qu'il est. L'homme s'efface.

À la mairie où j'ai fait enregistrer ton décès, l'employée, dans son impatience, s'est trompée de case sur le livret ; c'est mon père qu'elle a porté décédé. Funeste présage, elle ne croyait pas se tromper si bien.

Non, je ne retournerai pas le voir, ce docteur B. Notre histoire, maintenant je le sais, n'est qu'à nous. On se débrouillera seuls : moi je parlerai, toi tu feras signe.

(Tu sais, ça ne va pas si bien. Je fais tout mon possible, mais... Les nuits, quand je suis seul, je fais les bars, les rues, les hamburgers. Des passants me dévisagent et c'est

toujours un court instant : lorsque à mon tour j'arrête mes yeux sur eux, ils fuient.
Je me laisse aller, tu n'aurais pas aimé. Je vis dans l'abrutissement de jours sans sommeil et d'alcool. Je ne sais même plus, j'oublie que je vais mal. Bientôt ce sera normal, la vie normale, ça, pour moi : boire et ne pas dormir. Prendre en rentrant à sept heures un verre de rouge au lieu d'un café.)

mai

Hier, maman, on m'a attaqué. Dans la rue, la nuit, au lieu et à l'heure que toutes les mères redoutent pour leurs vauriens de fils. Je me suis défendu, je crois, autant que je le pouvais. J'ai en tout cas préservé ce bien : les papiers et les photographies de toi que je portais dans mon cartable. Lorsque le type a pris la fuite, j'ai regardé le sol à mes pieds et j'ai vu du sang tomber en lourdes gouttes sur le pavé. Il s'écrasait là comme l'encre sur le buvard. J'ai mis ma main à ma face, le sang coulait de ma joue, de mon œil gauche. J'ai pris peur. Je ne voyais plus et ma pensée fut : heureusement, elle n'en saura rien. Je n'ai pas voulu imaginer ta terreur si, de l'hôpital Saint-Louis où j'échouai, on t'avait appelée pour te prévenir. Oui, j'étais soulagé que tu n'en puisses rien savoir, hormis cette crainte enfantine que du ciel tu ne me regardes et ne voies dans quoi – ce monde vide de sens et dérivant sans plus d'attaches – je me débats.

Mon patron – cet homme qui a pour moi des attentions de père – a dit que c'était ainsi, nous les gens de bien ne savons pas nous battre. Les voyous, eux, savent. C'est la différence, selon qu'on vous apprend ou non à vous battre, selon que c'est avec les mots ou avec les poings. Tu m'as enseigné d'autres courages, d'autres combats que ceux qui se livrent au rasoir. Tu avais peur de cela en moi qui aurait pu être hérité de mon père, castagneur comme pas deux.

Je ne suis pas un voyou. Je le suis si peu que je n'ai pas tout défendu. Le cartable qui contenait toute notre vie-papier : nos photos tous deux ensemble, de quand j'étais petit, de quand nous sortions plus tard dans les mondanités, et puis tous ces documents que ta mort me laisse, matière sèche de notifications administratives, juridiques et bancaires, ce grand volet indigne, cette face indécente de notre disparition au monde qu'on appelle « succession » (quant à te succéder, je n'ai pas besoin de notaire pour le savoir, ni de trésor public ni de mairie), tous ces dossiers bien en ordre à mes soins laissés, avec modes d'emploi manuscrits, renvois explicatifs, conseils pour m'y prendre et aussi parfois des impératifs (aller..., faire..., suivre...), tous ces petits mots signés *EL* qui sont comme autant de clins d'œil me signifiant que, par-dessus la mort, tu veilles encore, toi qui avais organisé jusqu'à l'après de tes jours afin que me fût épargnée dans le chagrin la dérision des recherches paperassières, tous ces papiers dont tu m'avais dit qu'il fallait les garder, moi qui jetais tout – mon cartable et ses trésors honteux, je les ai sauvés. J'ai jeté le sac au loin, dans des buissons. Alors le type s'est énervé, m'est tombé dessus. Enfin, j'ai été par terre, lui me bénissant à coups de pied dans les côtes. Alors j'ai laissé faire. Je l'ai entrevu sous la sueur et le sang qui coulaient dans mes yeux. J'ai vu mes mains ensanglantées. À la main gauche manquaient ton alliance d'or blanc et la bague noire que tu m'avais offerte pour mes vingt ans.

Sur l'agenda, en page de garde, j'ai effacé ton nom, ton téléphone et ton adresse de la rubrique « personne à prévenir en cas d'accident ». Il n'y aura pas d'accident.

* *
*

Elle, Éliane, initiales E.L. : ma mère au nom de Dieu.

* *
*

Les revenantes. J'ai visionné un film où un maniaque extermine les jeunes femmes. Quelques minutes plus tard, j'ai appelé V. par un autre nom : G. Ainsi donc resurgissait dans la banalité (« À demain, G... ») la mémoire de cette jeune femme que j'aimais tant et qui fut assassinée, voilà quatre ans. Qu'est-ce que l'oubli ? C'est l'éternité qui pique un somme. Les réveils sont pâteux, comme ces nausées d'après les cuites où l'on ne se souvient plus, mal à l'aise, le moindre des actes commis dans l'ivresse.

J. m'appelle tous les jours, me porte à bout de bras. Un soir sur deux nous nous voyons et, s'il ne peut dîner, nous déjeunons. Il me parle de ses projets politiques, il me soûle, il me fait rire. Parfois – très rarement –, il évoque ce que je suis en train de vivre et par quoi il est passé lui-même, voilà douze ans. Il dit que sa mère est toujours là, chaque jour, chaque heure, qu'elle est de tous ses rêves. Que douze ans après, elle manque encore. Je dis : « Pitié pour les fils. » J. proteste : « Elle est toujours là, et son souvenir m'aide. Son souvenir est une force. »

juillet

Oui, je traîne les nuits, je bois dans les bars de Pigalle et d'Anvers. Oui, je le fais comme pour me perdre.

J'ai trouvé un nom à mon état, il lui colle, l'épouse comme un gant la peau : le désarroi. Le grand bouleversement, la perte de tout ordre, de toute structure. Désarroi, état de dérangé.

Je suis une chambre d'enfant en désordre. Le lit n'est jamais fait, les objets y chahutent en silence.

Je ne réponds plus. Je vais devant, laissant derrière moi tous les impératifs, toutes les urgences. Il y a encore et encore des papiers à remplir, des preuves à fournir, des affaires courantes que je laisse courir : mon état n'est pas civil. Lorsque je devine le reproche – laisser-aller, désinvolture –, je me soumets aux cases indiquées.

Ta mort, j'en parle facilement dans les cases à cocher. L'énigme y est inoffensive.

* *
*

Maman, hier j'étais à l'Opéra pour une soirée privée. Ton fils est entré à l'Opéra. On ne l'a pas jeté. Il a monté les marches surplombées par les rangées de flashes des photographes. En haut de l'escalier, il y avait un huissier pour annoncer les invités, il disait les noms tout haut et puis la princesse qui recevait, assortie de son prince, vous accueillait à l'entrée du foyer. Elle a tendu la main, ton fils l'a serrée humblement. Ton fils n'a pas fait le baisemain ; il a gardé son rang. (Te rappelles-tu au moins ce soir où tu m'avais appris le baisemain, avant de me déguiser en petit pingouin, pour je ne sais quel cocktail d'une improbable comtesse ? C'était en mai 68, au milieu des émeutes, la comtesse de trente ans portait une mini-robe de plastique rose et d'écailles métalliques, tout à fait épatante. On avait beaucoup ri parce que lorsqu'elle tendait le bras pour le baisemain, son armure se soulevait et l'on voyait ses fesses. Toi qui portais l'une de tes robes noires si sévères, les hommes te couraient après tout naturellement. La mini-comtesse en fut fort marrie.)

Hier, ton fils revêtait un smoking noir – celui-là même qu'il avait étrenné avec toi quelques années plus tôt –, la chemise blanche à col cassé, le nœud papillon beurre frais, lui aussi un peu cassé. Ton fils était comme tu aurais voulu qu'il fût. Mal à l'aise dans ces habits empesés, mais vêtu tout de même. Tu aurais encore dit en voyant plus tard les photos de la soirée : « Ah, tu avais fait un effort, quand même, tu étais beau. Pas comme quand tu viens me voir ! »

Pour être juste, j'avais imaginé d'aller à cette soirée dans un vêtement beaucoup moins correct, mais le carton exigeait : « Tenue de grande soirée ». Ton fils a-t-il eu peur, intimidé par l'Opéra ? Ou bien a-t-il voulu te rendre hommage, à toi seule ? Il s'est conformé aux exigences.

Et pour le reste – l'Opéra, le monde – c'était peu excitant. Mon œil était frigide. Je crois aujourd'hui que ce que j'aimais, dans toutes ces choses très sociales que j'ai pu faire, c'était la perspective de te les raconter ensuite. Quand on n'a personne à qui les raconter, ces choses sociales, personne à qui ça ferait plaisir de les entendre sachant que vous y étiez, elles n'ont plus aucun sel. Elles n'ont que l'ennui d'y être, précisément.

novembre

Crise de larmes au réveil. Tu étais revenue, mais dans quel état, dans quel délabrement du corps et de l'esprit. Je te cherchais partout dans les hôpitaux parisiens, sachant que dans l'un d'eux tu te cachais. Je ne te trouvais nulle part. Enfin je revenais rue de B., chez ta mère, et tu étais là, au milieu d'elles, les femmes de ma vie : Albertine, Juliette, la grand-tante Marthe et Myriam. Le zénana au grand complet. Vous sembliez m'attendre pour dîner. Dieu que tu étais pâle, les yeux gris brouillés de fatigue. Tu te mettais à pleurer. Tu te tournais vers ta mère comme une enfant, tu disais d'un air d'évidence triste : « Oui, je vais guérir » comme on dirait : « Je mange parce qu'il faut bien. » Et tu te retournais vers moi, tu avouais : « On a recommencé un traitement, et je suis si fatiguée. » Je te prenais dans mes bras, à genoux je te demandais si vraiment c'était ce que tu voulais et tes yeux répondaient : « Est-ce que j'ai le choix ? » Tu tournais alors la tête de côté et ton profil était abîmé, rongé, affreusement vieilli, comme jamais je ne t'ai vue. Mère, pitié, si tu reviens me voir, ne le fais plus jamais ainsi.

* *
*

La douleur est ma compagne, elle me suit pas à pas, jusque dans mon lit, jusque dans mes nuits. Non plus en moi mais à côté de moi, collée à mon flanc, à ma nuque. Elle est l'air même que je respire. Parfois elle me paralyse, d'autres fois elle me porte : elle m'épuise, je m'y repose.

* *
*

Maman m'aimait malgré moi. On ne peut pas en attendre autant du reste du monde. Je fatigue aussi mes proches. Parce que le malheur ne m'a pas rendu plus doux, plus sage, plus modeste, parce qu'il ne m'a pas tout à fait neutralisé, on estime sans doute que je suis assez grand, assez fort – guère intéressant.

Six mois après toi, jour pour jour, mon père meurt. Le désert, dis. Le grand saut dans le vide des origines.

Et tous ceux qui m'entouraient il y a six mois, lointains aujourd'hui, là-bas où la vie les appelle : ils ont tant de travail. Mon père mourait à son tour, et c'est comme si j'exagérais.

Je suis retourné voir le docteur B. J'ai commencé à lui parler. Il a dit qu'il ne lui était plus possible de me prendre. Il a dit qu'il fallait que je revienne à l'hôpital régulièrement, mais pas avec lui. Longue scène burlesque avec le secrétaire du service, tous deux se demandant à qui me repasser. Défilent des noms de médecins entre lesquels je ballotte, ils choisissent finalement celui qui a l'emploi du temps le moins chargé. Comme si lui ou un autre... Je les entends, je vois inscrit sur mon front « colis encombrant ». J'ai envie de pleurer et de rire. Je n'intéresse donc plus personne, pas même les réducteurs de tête.

Seul, comme rien.

* *
*

De la vitalité perdue : la mort maman, quel échec tout de même, quelle défaite de notre volonté.

Perdue, la grande guerre de ta guérison, perdues toutes ces batailles que tu croyais mener et gagner par la seule force de ton esprit. Héritage étrange d'une théorie psychosomatique : croire, puisque l'esprit a pu assigner secrètement au corps la maladie, que ce même esprit a le pouvoir d'ordonner à ce même corps la guérison. Mais ce que l'esprit, sans nous, a pu détruire, acceptera-t-il de le reconstruire avec nous ? Oui, nous croyons que ce retournement est possible par notre seule volonté, sinon de vivre, de vouloir. *Je veux vouloir guérir.*

Or, l'esprit frappe où il veut, quand il veut, de la façon que lui seul a choisie. Oui c'est un drame : une fois établi le contrôle du corps par l'esprit, admettre qu'on est impuissant à contrôler l'esprit. Nos corps meurent de l'incapacité de Dieu (ou de sa répugnance) à nous fournir un esprit docile, un esprit à volonté.

Un peu de fièvre, de Sandro Penna : « Le pire, dans l'attente de la mort, c'est qu'il n'y a rien d'autre à faire que les gestes quotidiens. » Il faudrait vivre vite et bien, rattraper peut-être le temps que l'on n'a pas perdu, le merveilleux temps de s'occuper de soi, de se choyer, de se border au lit le soir dans des hôtels d'aventure. Mais la mort n'offre même pas ça. Notre fin prochaine n'est pas pour ébranler le cours quotidien des choses. On est devant le non-événement de sa vie. Aussi la mort est-elle l'avènement de toute existence, la seule vraie reconnaissance et la première trace de notre passage : la première inscription de l'homme sur la terre, dans la terre, c'est sa tombe. L'angoisse alors, c'est que l'urgence à vivre est un sentiment sans aucune chance : sans objet auquel s'attacher.

* *
*

Qu'est-ce qui angoisse tant ? La peur de mourir ou l'impasse de vivre ? Notre impuissance à penser la mort ou notre incapacité à inventer la vie ?

« On ne peut vivre que tant qu'on est ivre de la vie, mais dès que l'ivresse a passé, on ne peut pas ne pas voir que tout cela n'est que duperie, duperie stupide. » Pauvre Tolstoï, il lui restait plus de quarante années à vivre. Alors il a écrit, Tolstoï. Il a enterré l'un après l'autre tous ceux qu'il aimait, ses frères, ses enfants, et il a écrit.

* *
*

P. R. dit qu'il faut reprendre goût à la vie, refaire les gestes ordinaires et plaisants de la vie : aller au cinéma, aux concerts, toutes choses qui m'épuisent d'avance. Je finis par céder. Nous allons voir coup sur coup deux films comiques, annoncés comme tels. Je ne ris pas et je m'enfuis : j'ai peur de ce grand rire général dans les salles, ce rire qui rit de rien ou pour l'envie de rire. Sans doute ai-je perdu jusqu'au sens de l'humour, sans doute le chagrin, en m'isolant de la vie, me rend-il imperméable aux joies les plus simples.

Mais ces films ne sont pas joyeux. On s'y moque de tout, avec des moyens grossiers, des personnages creux réduits à des fonctions organiques et sociales. Bien sûr, le salace est de temps à autre racheté par le mièvre. C'est pourtant toujours la même émotion, le même effet noces et banquets : on rit, on rit et puis – gorgé de vins, soûlé de rires – on pleure. Mais les larmes sont aussi grossières que le rire qui les précédait.

Soudain, je réalise que ce qui m'insupporte dans cet humour à la mode, ce n'est pas sa vulgarité mais l'ironie élevée au rang d'idéologie. Le second degré n'est que le degré du masque. Et, à trop dissimuler sa souffrance, on enterre aussi sa joie. Ce qui est raté dans ce cinéma-là, c'est l'amour, l'amour des personnes. C'est ce qu'il y a de raté et qui marche tant.

Il faut croire que c'est ça qu'elle rêve, c'est ça qu'elle aime, l'époque, des œuvres sans amour. Sans amour, sans rien. Pourtant il faut aimer. En dépit de tout ce que l'on sait, la menace de n'être pas aimé de retour, la menace d'être trompé et d'en devenir fou, la menace de tromper et d'en essuyer la honte. Il faut aimer car ceux qui aiment souffrent d'aimer et ceux qui n'aiment pas meurent de ne pas aimer.

À la télévision, on me parle souvent de ce que le public aime et n'aime pas. Ce public, tel que les gens de la télévision se le représentent, et qui n'est pas une foule, qui n'est pas une nation, qui n'est pas même une humanité mais plutôt un agglomérat de je-ne-sais-quoi désirant et consommant, n'attend que ce qu'il connaît déjà. Les autres, les curieux, ceux qui ne sont pas le public, on sait très bien qui c'est : les intellectuels.

Maman, qui pourtant aimait les chansons populaires et les films policiers, détestait la télévision. Elle lisait Racine, en souvenir des années de collège où elle l'avait joué, Françoise Sagan et Georges Simenon. Un jour, elle a pris dans ma bibliothèque le roman *L'Amour*, le plus difficile sans doute de Marguerite Duras. Elle l'a lu lentement, disant qu'elle ne comprenait pas tout mais, ajoutait-elle, qu'est-ce que c'est beau. Puis elle s'est mise à lire les autres romans de Duras. Quand *La Douleur* a été publié, elle a dit que c'était ce qu'on avait écrit de mieux sur la Libération et le retour des prisonniers. Duras, en ravivant la mémoire du jeune homme aux yeux verts, entrait dans son panthéon intime. Ma mère n'était pas une intellectuelle. Elle avait beaucoup attendu, toute sa vie attendu. Ce public-là, évidemment, la télévision comme le cinéma actuels ne lui répondent pas. Ce public-là, il est seul.

* *
*

P. R., avec qui je me dispute tard dans la nuit, tente de me rassurer de son amour, jure, parle d'avenir, etc. Puis explique son attitude lointaine par de nombreux soucis de famille. Je me calme, tends l'oreille. Les frères et les sœurs R. ont un grave sujet de dissension : l'héritage qu'un jour il faudra partager en sept. Je m'inquiète, demande si les parents sont malades, pourquoi ils mourraient demain. Mais non, les parents sont en pleine forme. Simplement, les sept enfants surveillent de près ce que l'on donne à chacun. P. gémit : sa sœur aînée obtient toujours tout, et hier la mère lui a offert le plateau d'argent que P. désirait.

J'éclate, je lui crie de ne pas s'inquiéter : la souffrance aussi sera partagée en sept. Je m'enfuis dans la nuit, cherchant à vomir mais en vain, sachant aussi que j'ai été injuste.

Mister Goodfast. Dans ce fast-food italien, les serveurs sont aimables et discrets. Ils donnent des verres d'eau à qui a soif. Ils offrent une pizza à un clochard qui ne demandait rien, trop fier, mais qui accepte tout de même. Ils sont aussi très arrangeants : ils me laissent boire du vin alors que je ne mange rien. Deux types entrent, jeunes, pauvres d'allure et de langage. Le petit trapu, je le remarque parce qu'il dit qu'il ne boit pas d'alcool. L'autre, grand, maigre et rougeaud, a les yeux d'un bleu électrique, j'imagine à cause de la dope.

C'est le grand qui se tourne vers moi, tandis que le serveur pakistanais lui tend sa pizza sur un bout de carton, et qui m'apostrophe : « Tu fais la gueule ? » La question se voulait attentionnée, le ton presque affectueux. Je dis non, je fais le signe que je planais, ailleurs. « Ah oui, dit-il, vraiment ailleurs. » Il prend sa pizza, jette l'argent sur le plexiglass et se tourne de nouveau : « T'attends un ami ? »

Je dis non. Ce coup-ci, le non a dû être plus sec. Un non sans appel puisqu'il ne se propose pas d'être l'ami qui manque à attendre. Il semble hésiter pourtant, dodeline de la tête, clappe de la langue. Je le regarde et je ris. Il m'oublie.

Alors je m'interroge et ses mots m'obsèdent : tu attends un ami. Mots essentiels des gens qui n'ont pas de vocabulaire à jeter par les fenêtres. J'ai presque le regret de n'avoir pas dit oui. Mais je n'attends pas un ami. J'attends un père, non pas mon père, mais un que j'appellerais papa. Le mot s'étrangle dans ma gorge, le vin le fait couler et je ravale mes larmes. Quelqu'un que l'on aime sans l'avoir connu ne peut pas être mort : il est toujours à venir, simplement retenu quelque part, en orbite dans les grands espaces de l'absence.

(Enfant, je m'étais trompé dans l'apprentissage des mots. *Papa* désignait la lune. Et quand l'âge est venu où je ne pouvais plus dire un mot pour un autre, ma voix s'est fermée aux deux syllabes. Tant de soirs nous l'avons attendu à la fenêtre. Tant de nuits nous avons guetté la belle voiture américaine aux chromes rutilants. À la fenêtre des nuits d'attente, le corps céleste brillait, fidèle dans ses formes changeantes.
Un jour, on a refermé la fenêtre, tiré les rideaux. Un jour tu as cessé de t'inquiéter et de pleurer. Un jour j'ai cessé d'attendre. *Mon père est une lune.*)

* *
*

Cet homme, sans doute j'admirais sa force, sa jeunesse, sa violence. Il se battait fréquemment avec d'autres hommes, pour un mot trop arrogant, une excuse négligée, une attitude irrespectueuse. À la moindre provocation, il frappait. Et chaque fois tu t'évanouissais de peur. Et chaque fois je criais de te voir mourir ainsi, même pour quelques secondes, même sachant que tu te réveillerais.

Puis tu as eu peur de tout dans la vie. Et lorsque tu t'évanouissais, les absences duraient non plus quelques secondes, ni même quelques minutes, mais des demi-heures, des heures. Tu gémissais, sous tes paupières entrouvertes les yeux étaient blancs, tu pleurais. Tu voulais dire des choses, mais les mots crevaient sur tes lèvres comme bulles de salive. Je te regardais et, avec l'âge, j'avais appris à ne plus crier. Même, il m'est devenu impossible de crier. Il fallait supplier les médecins de ne pas t'emmener à l'hôpital. On leur disait que tu te réveillais toujours : tu faisais seulement semblant de mourir.

Et moi, j'ai cru ça, que tu te réveillerais toujours.

* *
*

Il a tout débranché, le père.

J'ai demandé pourquoi, pourquoi on l'avait mis dans cet état, pourquoi on l'avait abîmé ainsi – ces traces de coups, ces contusions au front, ces lèvres éclatées, comme s'il était mort sous des poings assassins, comme si cette fois le jeune homme bagarreur avait trouvé plus fort que lui.

Ils ont répondu que ce n'était pas leur faute, il avait désobéi et s'était levé pour débrancher les machines. Rassemblant ses dernières forces, il s'est levé, il est tombé, mais il a quand même réussi.

Oui, il était seul à s'abîmer comme il était à lui-même son propre assassin.

Il a tout débranché. C'était fini pour lui, vieillard de quarante-huit années. Son temps, il en avait fait le tour. Mais moi j'en reste là, à l'heure de ma naissance. Pour moi, il est cet adolescent devenu père par mégarde : il demeure dans l'éclat de ses dix-huit ans, dans ses blousons noirs, ses bottines trop pointues et ses chemises jaunes. J'aurais beau la chercher, la photographie de mon père me tenant dans ses bras, elle n'existe pas. On ne porte pas un blouson noir et un bébé.

Tous aujourd'hui me disent qu'il nous aimait, toi sa seule femme, moi son unique fils. À distance, par défaut, mais il nous aimait. Tu ne comprenais pas qu'on puisse aimer tellement et si mal. Tu étais belle, tu étais intelligente, les hommes te désiraient et promettaient de passer le restant de leurs jours et leurs nuits auprès de toi. Pourquoi pas lui ?

Mais le vois-tu à présent ? Cet homme ne voulait pas d'un monde où tu n'étais pas, où tu ne serais plus jamais.

Ça ne l'intéressait pas. Et moi je crois que cet homme qui se détruisait méthodiquement, chaque jour un peu mieux, seul l'espoir qu'elle reviendrait un jour – ou disons : seule la certitude de la savoir là, sur cette terre, dans la liberté de lui revenir un jour –, il n'y avait que ça pour le retenir. Elle en allée, il pouvait enfin mourir.

* *
*

Montagne noire. Hier, je marchais dans les nuages. J'avais pris ce chemin qui monte au pic de Nore et ils me pourchassaient, m'entouraient, me baignaient. Le ciel était noir, d'un vrai noir, à peine réel, troué çà et là de cônes lumineux – des percées de soleil, mais on ne se souvenait pas qu'il y ait eu un jour un soleil.

Aujourd'hui, c'est un ciel gris saturé d'une lumière chlorotique. Je suis monté jusqu'au sommet du pic. J'ai pensé à l'Écosse – ces landes de bruyères, ces lacs verts endormis dans la vallée, cette lumière qui jette sur tous les éléments (rochers, cours d'eau, bruyères et sapins) une poudre de platine, au point que la terre la plus sombre, la plus ingrate, miroite de milliers d'étincelles et éblouit l'air. Mais l'Écosse me parle trop de mon enfance.

J'ai fui les trois touristes anglais qui déchiffraient la table solaire d'orientation en y laissant des miettes de leurs sandwichs. Plutôt que d'emprunter la route, j'ai descendu la pente à pic parmi les éboulis, les fougères et les houx rouges. Le silence, que seules les mésanges à gorge jaune se croient autorisées à traverser, le silence m'anesthésie. Mon cœur bat dans mes pas.

Je m'assieds sur un large rocher surplombant un piton, un rocher si mollement incliné, si parfaitement plat, qu'il semble avoir été jeté là pour cette seule fonction : être le repos des amants. Je m'y allonge, seul, et je me dis qu'il y aura encore des bonheurs pour moi, que ça ne peut pas être fini. J'en ai soudain la certitude aussi bien que du soleil pâle d'octobre sur ma peau. Il y aura d'autres bonheurs pour moi. Même si la jeunesse s'enfuit, même si les reflets du matin sont de moins en moins délicats. Il y aura des bonheurs dans l'ombre.

Dans les sous-bois, je rencontre un groupe de champignons rouges à pois blancs, ces champignons trop jolis, trop décorés, dont je croyais qu'ils n'existaient que dans les gravures des contes de fées. Alors je leur donne des noms : il y a papa champignon, maman champignon, tous deux ont fière allure ; il y a les enfants champignon, d'un rouge encore clairet mais vigoureux ; il y a enfin les grands-parents champignon qui commencent à s'affaisser sur leur pied spongieux. Et tous semblent me dire : « Qu'avons-nous donc de si risible ? »

février

C. avec qui je dîne ce soir – nous avons parlé de la question d'en avoir ou pas (des enfants), à propos de P. qui maintenant qu'elle vieillit se met à en parler (être sans enfants) – C. me dit que parfois tu regrettais de n'avoir pas eu deux enfants. Deux, pourquoi pas trois ?

J'en ressens une jalousie et un dépit immédiats. Ainsi donc, tu aurais voulu *me doubler* ?

Je me calme : je me souviens qu'effectivement tu en parlais, parfois, devant des gens, dans les dîners, mais avec cet air dégagé, anecdotique, d'un qui parle pour donner le change à ses interlocuteurs, présente de lui-même une version édulcorée, rassurante, afin de complaire à leurs préjugés. Tu n'en parlais pas sérieusement. Fort à propos, je me souviens qu'un jour tu as dit en public : « Quand j'ai connu C., j'ai pensé un moment lui faire un enfant. Mais ce que j'avais vécu avec mon fils était si exceptionnel, je le sentais bien, que je n'ai pas osé. Cette histoire unique, je ne l'aurais pas retrouvée dans un autre. » *Lapalissade.* Et à moi, un soir, tu as dit : « Au fond, je n'en avais pas tellement envie. »

Un peu plus tard, au cours de ce même dîner, C. me montre une photo de son petit-fils. Décidément, la soirée est aux enfants. Je l'écoute – lui qui, à cinquante ans passés, a encore une mère et un père, a des sœurs et des frères, a des cousins, a une fille, a un petit-fils –, je l'écoute, moi, sans personne, et je me demande : quelle est cette monstruosité en nous ? Quelle est cette famille, si maigre déjà, qui s'est obstinée dans la stérilité : je n'ai ni frère ni sœur ; je n'ai ni cousin ni cousine. On m'a dit si souvent – les gens du dehors – quel bonheur c'était les familles nombreuses, les réunions où les nuées de gosses piaillent, rient et se battent.

Je n'ai pas encore d'enfants, et bientôt il sera l'âge où je n'aurai jamais eu d'enfants. Quelle est cette obscure volonté commune à vous tous, ma famille ? Grand-père Maxime m'encourageait, enfant, en ces termes : « Tu es le dernier des Mohicans. Le dernier. » Très tôt, on avait fait en sorte que cette charge unique sur mes épaules, cette responsabilité terrible d'être le dernier géniteur m'interdît de faire des enfants.

(Dans l'énumération des parents de C., j'ai oublié un détail d'importance : sa femme, dont il n'a jamais voulu divorcer pour t'épouser, toi. Peut-être te sachant malade n'a-t-il pas voulu engager si totalement sa vie, risquer la solitude du jour où tu mourrais. Sans doute a-t-il toujours cru à ta mort, lui.
Notre amie J., à qui j'ai appris que C. était retourné auprès de sa femme, s'est écriée l'autre soir : « C'est dégueulasse, c'est minable. » Je suis incapable d'en dire quoi que ce soit. J'aime C. pour l'amour qu'il a pu t'apporter, même mal. Je ne peux pas juger C. Le malheur rend très indulgent pour la faiblesse. Dans un univers où l'espoir fait défaut, on est tout près d'admettre les déficiences des hommes. On les admet, ou bien l'on sent tout simplement que l'âge des procès est passé ; ou bien encore on recherche la paix, la grande paix du côté des autres. Si blessantes qu'elles soient pour notre orgueil, ces déficiences ne sont rien au regard de la lutte qui se mène jour et nuit contre la douleur. Les blessures ordinaires ne font plus mouche.)

Pourquoi ? Pourquoi suis-je à trente ans comme seuls quelques vieillards le sont ?

* *
*

Mais moi, aujourd'hui que je ne vous ai plus, je garde avec tendresse cette dernière et si triste image de vous réunis, quelques mois avant la mort de maman.

Père, elle a su ta maladie que je lui cachais pour la préserver de ce désespoir-là. Elle l'a sue et elle a couru, couru bien que ne pouvant déjà presque plus marcher seule, bien qu'interdite de sortie, elle s'est habillée, elle est allée te voir à trente kilomètres de là, dans ton mouroir à toi. Elle ne me l'a pas dit, mais le soir suivant, avec cet air de malice qu'elle prenait pour me parler de mes mensonges : « Tu as des nouvelles de ton père ? » J'ai dit non. Elle a dit, souriant de son coup : « Eh bien moi, oui. » Elle m'a demandé si tu t'en sortirais. J'ai dit que je ne croyais pas, que si tu avais dû guérir, tu l'aurais déjà été. Ces mots-là ont semblé résonner étrangement pour elle. Elle a dit : « Mon dieu, pourquoi s'est-il détruit ainsi ? »

Et moi, c'est ma dernière image de vous, celle qui me fait pleurer et que pourtant je chéris parce qu'elle est l'apaisement de tant de souffrances avant la fin dernière : toi sur ton lit, et elle penchée sur toi, te disant qu'il faut obéir aux infirmières, qu'il faut te soigner. Ma dernière vision de vous, de votre amour sera celle-ci : elle avance sur ses genoux vacillants, toussant dans l'air froid de janvier, elle va voir son mari, le seul de sa vie, le père de son fils, elle va le voir avant que de mourir elle, avant que de mourir lui. Et si mon cœur se déchire, qu'est-ce donc que nos vies ? Qu'est-ce que ce dernier baiser, réplique mortelle du premier, que vous vous donnez alors ? Qu'est-ce donc que Dieu a voulu, lui qui vous avait unis, qui vous a laissés vous déchirer sans jamais vous donner droit à l'oubli, lui encore qui vous ménageait ces retrouvailles sordides ? Qu'a-t-il voulu ?

* *
*

Maman, quand tu es morte, j'ignorais où était mon père. Il avait disparu. Quitté l'hôpital sans laisser d'adresse. Je l'ai fait chercher. J. a téléphoné dans tous les hôpitaux de Paris et des environs, et finalement l'a retrouvé, dans une maison de soins en province. Je l'ai appelé, je pleurais, je lui ai dit. Il a crié. Dans l'appareil il criait, une plainte grave, longue, comme un râle. Il a pleuré et jamais mon père n'avait pleuré. Il a crié : « Tu sais, j'ai toujours aimé ta mère, je l'ai toujours aimée. » Il a crié encore et pleuré son long thrène d'homme veuf. Homme d'une seule femme, homme si grand, si fort et si beau, et pourtant si petit devant l'amour que son amour l'a dépassé sans pouvoir l'exprimer lui. Il a voulu venir à l'enterrement mais les médecins le lui interdisaient. Il m'a demandé de faire des fleurs pour toi à son nom.

Dieu, je n'ai même plus de révolte, plus de révolte. Dors ma mère, et toi dors mon père. J'avais dressé les sentinelles, mais le grand tremblement de temps les a englouties. J'attendais que Dieu m'indique à présent le destin qui m'était échu, mon rôle dans le guignol massacre. Il se tait. Et si Dieu lui-même n'a pas d'explication à cela, alors je ne suis qu'un non-sens qui se prolonge. Comme je voudrais mourir.

– Dormez, dormez. J'assure la dernière permanence.

* *
*

Ce cauchemar la nuit passée : vous étiez, toutes mes femmes, toi maman, vous mes grand-mères, vous les grand-tantes Marthe, Sarah et Julia, vous étiez entassées dans une chambre sordide, à un sixième étage. Forçant la porte de votre retraite, j'entrais. Toi, maman, la première tu venais à ma rencontre, tu disais : « Il ne fallait pas venir ici, tu ne devais pas venir, nous te l'avions interdit. » Il émanait de toi, de tes pauvres accoutrements de méchante laine, une odeur de vieille femme mal entretenue ou incontinente. À chaque mouvement de tes jupes, je tressaillais, souriant quand même pour te laisser ignorer ta puanteur. Mais ce n'étaient pas odeurs de vieilles femmes. C'était l'odeur de la mort, l'odeur des mortes. Qui l'a connue, cette odeur, ne peut l'oublier. Et sais-tu ? Je t'aimais, dans mon rêve, même putride.

Je t'aimais comme je t'ai aimée, sur ton vrai lit de mort, quand tu as commencé à sentir mauvais. Ils me disaient : « Allez, il faut partir maintenant », ils me regardaient avec des yeux à la fois terrifiés et incrédules, doutant que je sente vraiment ce qui se passait. Et qu'importe ? Qu'importe si nos âmes se détachent de nos corps dans un relâchement de sphincters ? Qu'importe si nos âmes s'envolent dans les vapeurs de merde ? Le bon dieu n'en a cure, il les ravit quand même, jusqu'à ses cieux.

Ce rêve rappelle immédiatement *Ben Hur*, un film que tu m'emmenas voir plusieurs fois lorsque j'étais enfant.

La mère et la sœur du héros, lépreuses après des années de cachot, se retirent dans une grotte d'où elles ne sortent que voilées, pour ramasser la nourriture qu'on leur jette comme aux animaux captifs dans les fosses de zoo. Elles renoncent à jamais à leur fils et frère, pourvu qu'il ne les surprenne pas en cet état de lèpre, défigurées, amputées, monstrueuses. De retour de Rome, Ben Hur qui les croit mortes apprend qu'elles sont encore en vie, recluses dans la vallée des Lépreux. La servante lui interdit de s'y rendre. Mais Ben Hur descend quand même dans cet enfer, force l'entrée de la grotte, approche de sa mère qui lui hurle de s'écarter. Il soulève le châle de laine qui cache le visage et la regarde longuement : d'abord révulsé de dégoût, mais feignant l'indifférence, puis franchement, lorsque l'enfant renaît en lui, cherche sa mère dans ce monstre et la retrouve, franchement amoureux. Son sourire éclate, illumine et réchauffe la grotte humide. Il prend dans ses larges mains la petite main bandée de mitaines. Il ne voit pas que les doigts ont perdu leurs phalanges. Le fils d'Hur l'ignore.

Sa mère, le fils d'Hur la soulève dans ses bras, la remonte parmi les hommes et la conduit sur le chemin de croix où Jésus la guérira. Et moi j'en reste là, les bras vides, impuissant – incapable de t'arracher à ta fosse et de te ressusciter ailleurs qu'en rêve.

* *
*

J'ai aimé très peu de femmes.

Celles qu'en esprit je désirais, adolescentes, étaient toujours les mêmes, le teint limpide, les cheveux noirs, le profil aquilin, minces et élégantes. Parfois rieuses, toujours graves. Elles n'étaient pas des jeunes filles, mais des femmes de seize ans, douées déjà de la mémoire des femmes, cette mémoire de toute éternité – femmes des villes, perpétuant sur le bitume le rythme des semailles et des moissons. Celles qu'en esprit je convoitais, mon corps les ignorait. J'ai cru d'abord à de l'impuissance. Puis un jour, une fille très laide, inculte, à la voix insupportable, une fille avec qui rien ne pourrait être dit ni vécu dans le temps, une fille qui me faisait pitié – celle-là, dans le dégoût, mon corps en a voulu et redemandé. Puis une autre, un peu plus tard, aussi laide mais ridicule de surcroît, qui se croyait une actrice, avec de gros yeux bovins, une haleine écœurante – celle-là, mon corps ne s'en passait plus. Mon dégoût était mon vertige. Puis une autre encore, qui à dix-huit ans avait déjà la voix de rogomme, les gestes et les mots des putains, et qui d'ailleurs me préférait un maquereau de vingt ans.

J'ai aimé très peu de femmes.

* *
*

De passage à Alésia, quartier de mon enfance, je retourne à la brasserie Zeyer. Le décor a entièrement changé, ce qui m'attriste et me soulage tout à la fois. Pourtant, quinze années après, je reconnais ce serveur devenu vieux, les cheveux teints de noir, qui un soir nous avait pris pour des amants. En quittant la table, j'avais oublié mon briquet sur la nappe. Il nous avait rejoints à la porte de la brasserie et, me tendant le briquet, t'avait glissé de cet air coquin et complice qu'ils affectaient, autrefois, les serveurs parisiens : « Voyez, madame, vous le troublez. » Tu avais plissé les yeux un instant, le souffle court, comme si tu hésitais entre la protestation et le rire. Puis tu avais répondu, très grave : « Mon dieu, mais vous êtes un père indigne ! » Rouge de confusion, il nous avait regardés partir sans pouvoir proférer un mot d'excuse.

À l'hôtel d'Honfleur, le réceptionniste à qui nous demandions deux chambres séparées nous avait assigné, avec une discrétion parfaite, deux chambres communicantes. Une fausse bibliothèque dissimulait la porte. On était partis dans la deux-chevaux qui atteignait cinquante à l'heure en plein régime sur l'autoroute. La porte côté passager ne fermant plus, on la faisait tenir avec un tendeur accroché au tableau de bord. Tu riais. On a pu rire. C'était une fin d'automne, des ciels roses, un vent doux. On allait dans les restaurants des promenades, sur les terrasses chauffées. On dînait de langoustes et de blanc frais. On regardait la mer.

mars

V. Q. meurt dans un accident de voiture. S. pleure beaucoup, je voudrais la consoler au téléphone mais je n'y arrive pas. Les mots ne viennent pas. Les mots de la mort ne passent plus. C'est même, à l'intérieur, un refus violent, silencieux, d'entendre des pleurs de deuil. La mort et moi, on n'a plus rien à se dire. Qu'elle s'intéresse à moi, c'est inévitable, mais moi elle ne m'intéresse plus. Et puis je n'ai pas de larmes pour V., rien qu'un ennui banal qui dit : C'est con, tout de même, si jeune, si talentueuse. Une compassion sociale.

le lendemain

F. a tenté de se suicider. C'est son médecin qui m'appelle, disant que F. refuse d'ouvrir aux secours, mais qu'il veut bien que moi je vienne. À moi il ouvrira la porte. Le médecin me parle et voilà ce que je pense : qu'on me foute la paix avec la mort, qu'on me lâche, à d'autres. Je n'ai jamais déclaré que j'allais en faire une spécialité.

De l'hôpital, je téléphone à la mère et à la sœur de F. que je ne connais pas, qui s'affolent toutes deux depuis Cannes. Nous parlons longtemps avec sa mère. Tout de suite on s'entend. Tout de suite, elle et moi, inconnus se découvrant à des kilomètres, on trouve les mots pour se dire ce qu'est la vie, la vraie, la vie qui accepte de souffrir. Je la rassure : F. ne va pas mourir. Mais je lui dis aussi (parce que je sais que ce n'est pas la vérité qui affole, mais l'intuition du mensonge) à quel point F. est en mauvais état depuis plusieurs semaines. Elle accepte les mots durs que je dis, elle soupire puisqu'on vient de dire ce qu'elle savait déjà, qu'on lui interdisait de formuler.

Plus tard, F. est ramené chez lui. Sa mère rappelle. Nous parlons à nouveau. F. dit qu'elle m'a trouvé charmant. Et sur mes lèvres vient ce lapsus : « Ma mère m'a dit de veiller sur toi. »

F., encore abruti de neuroleptiques, reprend sans ciller : « Ah bon, ta mère m'a dit de veiller sur moi ? »

Je ris du dialogue infernal. Sans doute était-elle bien pratique cette dame (une inconnue sans visage, à un millier de kilomètres, réduite à une voix de mère inquiète), bien pratique pour refuser, une fois encore, que toi ma mère, tu ne parles plus. Mais dis-moi, maman, dans tes cieux là-haut, est-ce que tu t'inquiètes encore pour moi ? Moi je crois que oui. Que j'ai senti ton inquiétude. Parce que sinon, j'aurais réussi ce que F. a raté.

9 avril, le premier rendez-vous obituaire.

Je vais te voir. J'avance suffocant jusqu'à la dalle de granit, je m'y écroule en pleurant. Il est vide, le cimetière. Je m'assieds sur la pierre chauffée au soleil, je pleure, je tape contre une porte qui ne s'ouvrira pas, je te supplie : Aide-moi, aide-moi. Soudain je comprends qu'une année a passé sans que j'aie vécu. C'est comme le sentiment d'avoir volé du rab, et que ce surcroît ait été insipide. La vie ne pèse plus à l'estomac. Plus rien, je suis immatériel d'avoir perdu l'amour qui seul donne la chair de la vie. Un an ? Non. Nous sommes toujours le 10 avril 1988. J'en suis là. Je pleure, je voudrais pouvoir te dire autre chose que ça : Aide-moi, mais c'est bien les seuls mots qui se présentent. Je voudrais, oui, penser à autre chose, dépasser ce lieu et cette heure dans la certitude que, dehors, les hommes ont des projets. Mais non, j'arrange sans fin dans le vase les tulipes violettes qui résistent à ma volonté d'ordonnancement.

* *
*

Le docteur K. me reçoit chez elle, dans son salon très bourgeois de la rue de l'Université. Elle a ôté la blouse blanche qu'elle portait à l'hôpital. Elle est tout aussi blanche, pourtant, dans son tailleur d'un bleu tendre. J'essaie de la regarder mais c'est impossible. Les yeux bleus sont si pâles, les cheveux tirés en chignon si gris, la peau si laiteuse. Il n'y a plus de sang dans son corps, où seul circule un pur esprit. Le docteur K. est transparente. Je sens bien que cette transparence est précisément celle qu'il me faudrait, qu'elle m'attire aussi fort que le vide. Elle dit que ce que nous ferons ensemble, chez elle, dans ce bureau, consistera pour moi en un plongeon. Je dis que pour plonger, c'est déjà fait, qu'aujourd'hui j'attends qu'on vienne me repêcher, peut-être.

* *
*

Les revenantes. Maxime est venu dans la nuit me reparler de sa guerre de Syrie, Beyrouth, les tortues géantes du littoral et les putains du désert acheminées aux soldats par camions bâchés. Je lui disais : « Grand-père, tu m'énerves avec tes cartes postales. Là-bas aujourd'hui c'est la vraie guerre, à feu et à sang. » Maxime répondait en tirant sur sa Gitane maïs : « Ça a toujours été la guerre. »

Beyrouth, gigantesque champ de manœuvres que les puissances internationales, venues autrefois y faire joujou, délaissent à présent, jouet usé, voué à la casse. Au Liban, les hommes meurent par centaines, jour et nuit, jours après nuits, sous les bombardements syriens. Les hommes, des chrétiens. Les gens d'Occident qui n'ont pas bougé quand c'étaient des Palestiniens qui mouraient, se mobilisent pour dénoncer le crime contre les chrétiens. Les gens qui s'étaient mobilisés pour les Palestiniens n'ont pas envie de le faire pour les chrétiens qui sont de l'autre camp. Et ça meurt, là-bas, dans la grande indifférence des humanismes partisans. Ça meurt, là-bas, et c'est Dieu qui se mouche. Mes amis insistaient : il faut reprendre goût à la vie, quitter la douleur pour les dehors du monde. Or, c'est la vie qui reprend possession de nous. Et c'est vrai, je reprends goût – mais un goût perverti, dénaturé – pour ces nouvelles du monde qui me reviennent comme autant de bouffées délirantes.

* *
*

Dans la nudité de pensée où me laisse le deuil, je fais des découvertes étonnantes. Abandonnant les sophistications, je vois et j'accepte certaines de ces banalités d'usage auxquelles je refusais tout crédit autrefois. Ainsi, je découvre qu'il y a des gens méchants, et que la méchanceté n'est pas forcément digne d'intérêt. Bien sûr, me dit-on à propos de D., elle est méchante mais elle a beaucoup souffert.

De même, au cours de ce dîner avec Z. et S. où nous évoquons une jeune femme de notre connaissance qui aime son mari, aime son enfant, aime ses maisons et vit le sourire aux yeux, je sursaute sous l'effet d'une révélation : « Mais alors, c'est vrai ? Certains sont plus heureux que d'autres ? » Z. et S. écarquillent les yeux elles aussi. On oublie ça, ces évidences-là, on oublie qu'il y a des êtres plus heureux, plus accomplis que d'autres, on l'oublie parce que la psychologie moderne, qui le sait très bien, tente d'effacer ces phénomènes injustes et irrémédiables. La psychologie moderne veut nous rassurer en nous exposant à un malheur équitable. Ce qu'elle dit, la psychologie moderne, c'est chacun sa croix.

* *
*

J'aimerais que la souffrance m'épargne et ne pas devenir, à l'exemple de D., un homme méchant. Pourtant, H. avec qui je dîne ce soir et que je suis heureux de retrouver après deux ans s'étonne : « Comme tu as changé. » Il dit que je suis dur, que la dureté s'est installée en moi. Je ne voulais pas ça. Je ne voulais pas devenir un homme dur. Devant mon désarroi, H. se reprend : « Mais tu n'es pas méchant. Ça n'a rien à voir, la dureté et la méchanceté. »

* *
*

J'avais oublié : ce jour de janvier aux yeux cernés, la ville était plongée sous la neige. Il y avait grève des transports, les taxis étaient bloqués. Quand j'ai fui l'hôpital et les mots du médecin, j'ai couru en tous sens pour trouver un taxi. C'est que j'étais dans la vie, moi, dans la vie sociale et j'avais des devoirs. Je devais, c'était mon travail alors, faire l'interview de M. C. Je ne connaissais pas cette femme. J'avais des notes sur elle et un magnétophone dans ma poche. J'ai réalisé qu'il faudrait calmer l'écureuil emballé sous mes côtes, tenir une heure avec cette inconnue à qui je n'avais aucune question à poser. J'ai voulu appeler la rédaction, leur dire d'envoyer quelqu'un d'autre. Mais j'avais besoin d'argent. J'ai marché dans le froid, la neige, la tête si lourde et coupé de tout. Je suis arrivé très en retard, dans la peur de ce qui se passerait car je savais que j'étais incapable de faire ce pour quoi je venais. M. C. a ouvert la porte, m'a serré la main avec une interrogation muette dans le regard. Elle a demandé si je voulais boire quelque chose, j'ai dit non. De temps en temps elle me regardait en coin, mais son air était bienveillant. J'ai branché le petit magnétophone dont la bande s'est mise à bruisser. Au-dehors, le grand silence de la ville étouffée sous la neige. Le téléphone a retenti, M.C. n'a pas décroché. Le magnétophone tournait, je ne pouvais détacher mes yeux du témoin rouge clignotant. L'écureuil accélérait sa course folle dans la cage.

Ma présence muette était absurde, mais M. C. semblait l'accepter. Elle a attendu ma première question qui ne venait pas. Je me sentais pâlir de seconde en seconde. Alors, dans ce silence lourd où je plongeais, incapable d'articuler un mot, au bord de pleurer, elle s'est mise à parler, seule, les yeux fixés sur le magnétophone, elle a donné des réponses aux questions qu'elle était bien forcée d'imaginer, et qui étaient sans nul doute celles qu'il eût fallu poser. Elle n'a rien dit de particulier sur mon état. Simplement, un moment, elle a interrompu son monologue, elle a dit : « Bon, je crois que vous avez assez de choses avec ce que je viens de dire. » J'ai hoché la tête en rougissant. J'ai cru qu'elle appellerait la rédaction pour se plaindre de ce type qu'on lui avait envoyé. Elle n'en a rien fait. À la porte, sa poignée de main était discrète, mais enveloppante, mais chaleureuse. Je n'ai jamais pu l'en remercier.

* *
*

Qui a fait ça ?

Qui a vidé la maison, les meubles, les armoires ? Qui a pu se débarrasser ainsi de toutes les traces de toi, battre le rappel des concierges, des associations de nécessiteux et tout jeter, tout donner ? Qui donc a trouvé la force, qui a pu ignorer ainsi la mémoire, plonger dans la touffeur des penderies que ton parfum baignait encore, plonger à pleines mains dans l'épaisseur des tiroirs où la moindre enveloppe, le plus insignifiant des rubans, ces fragments de rien étaient à eux seuls le tout du souvenir.

Je vide, je jette. Je range, je jette. Je jette, je donne, j'empaquette. Je donne les yeux bas, cachés, je tourne la tête pour ne pas voir ce qui s'en va, dans quels bras ça s'en va, vers quel avenir.

Je remplis des bassines, je lave, je relave, je donne son congé à la femme de ménage qui voudrait m'aider, et, pour qu'elle aille plus vite, je lui donne du linge, des kilos de linge sous lesquels elle disparaît. Jour et nuit, acharné à ne pas réfléchir, je me dis que ce n'est plus toi, tout cela que tu as déserté, et je me joue la grande illusion d'effacer ton absence. Je nettoie, je frôle la crise avec les éboueurs, je mets en caisse. Si je regarde à la fenêtre, je vois sur le trottoir les chercheurs de trésor éventrer les sacs poubelle et les cartons. C'est fou la concurrence entre eux, à croire que le filon a déjà fait le tour du quartier, c'est fou l'avidité, la faim animale avec lesquelles à leur tour ils plongent leurs mains rougies par le froid dans tous nos souvenirs. Je n'ose plus descendre. Ils ont trouvé les vieux albums en maroquin d'Albertine, décollé par centaines toutes ces photos qui ne les intéressent pas et je sais qu'à présent les passants marchent sur nos vies, que les concierges nous envoient dinguer d'un coup de jet rageur dans les caniveaux. J'offre des bières et du vin aux déménageurs : ils ont des têtes de repris de justice et je rêve qu'ils volent tout, que leur camion s'évanouisse dans la nature.

J'aspire, je gratte, je racle, j'arracherais le sol si j'étais assez fort. Je m'énerve sur le sac de l'aspirateur, je le déchire et voilà : tes cheveux, des mèches entières de tes cheveux roulées en tapons. Alors, oui, je hurle.

Qui est-ce ?

Qui c'est celui-là qui hurle à la fenêtre, avec dans les mains tes cheveux par poignées ?

* *
*

Dans ton journal, j'ai bien lu cette phrase de Brasillach : « L'absence est encore la manière la plus insidieuse, la plus pesante, mais la plus sûre, d'entrer dans une vie. »

À qui adressais-tu cette citation ? À ton père ? À un amant qui te délaissait ? Je ne sais, mais aujourd'hui c'est pour moi que ces mots résonnent, à moi finalement qu'ils se destinent : j'en fais chaque jour le constat.

* *
*

Je retrouve les « lettres » de mon père, celles qu'il envoyait de Koweit, de Chicago ou de Fort-de-France. Il était encore un homme jeune, déjà lancé. C'était l'âge d'or de mon père, l'acmé de son destin avant que le vertige s'en empare et que la chute – l'alcool, le jeu – se précipite pour lui avec la même accélération que les succès. Ses lettres ? Des successions de cartes postales, des dépliants de cartes postales qui, racontant le pays où il se trouvait, le dispensaient d'écrire. Il signait, c'est tout. Avec des baisers. Maman, qui aimait les romans, n'y trouverait évidemment jamais son compte. Alors, faute d'un message de mon père, on déchiffrait la prose des plaquettes touristiques ou les vœux de bienvenue de monsieur Nelson A. Rockefeller, gouverneur de l'État de New York.

* *
*

Je cherche une image de toi, l'image unique que je voudrais garder auprès de moi, parmi les centaines de photographies prises par Albertine dont c'était le loisir favori. Je les brasse, je les interroge une à une, je les classe puis, épuisé, les yeux battus, je les replonge pêle-mêle, en tas confus, dans des cartables. Jour après jour, je cherche cette image et pourtant... je sais que je l'ai trouvée depuis longtemps déjà, mais elle est trop cruelle. Au premier plan, c'est moi enfant courant dans un chemin, riant aux éclats ; au second plan, c'est ta silhouette vêtue d'un fuseau noir, d'un chandail noir et d'un collier noir dont je me souviens qu'il imitait les boulets de charbon. C'est toi qui cours après moi et, bien que le mouvement ait rendu flou ton visage, on voit que tu ris aussi. Non, je ne peux supporter la vue du fantôme qui me poursuit.

* *
*

Qu'est devenu ce jeune homme qui rit sur les photos ? Ce garçon alors trop maigre qui vous tenait le bras, la taille, qui vous serrait sous son aisselle avec un aplomb ridiculement viril ?

Ce jeune homme, votre fils, vous fêtez aujourd'hui ses vingt ans et vous l'avez entouré de cent personnes qui dansent et rient. Lui a les yeux qui brillent, mais on ne saurait dire si c'est la joie, l'ivresse ou la tristesse.

Comment pourriez-vous jamais disparaître à ses yeux ? C'est là, écrit sur le papier glacé, lorsque le photographe saisit un silence entre vous, un mot chuchoté à l'oreille, un sourire un peu las, ou lorsqu'il (le photographe) vous surprend réfugiés à l'écart de la fête, assis dans la pénombre, vous racontant quoi ? C'est écrit sur les images : vous ne vous survivrez pas l'un l'autre. Celui qui survivrait à la perte de l'autre, il s'effacerait aussitôt de l'image, n'aurait plus épaisseur ni reflet dans le miroir. Et pourtant, si c'est bien vrai ce qu'on nous a dit, si vraiment vous avez disparu, qu'est-il devenu ?

– Prends pitié. Si je détruis ce que tu conservais avec tant de soin, si je jette ces lettres et ces photographies par paquets, ce n'est pas pour t'oublier, non. C'est pour effacer du monde le jeune homme qui riait sur les photos et signait ses lettres de ce mot léger et insipide : Love, incapable d'écrire amour. C'est pour le tuer, lui et sa joliesse, lui et sa facilité, lui et ses discours insuffisants.

mai

M. se vit seul, très seul. Il est simplement trop entouré, alors, forcément, il en ressent un certain vide qui serait notre esseulement fondamental dans le monde. Je veux bien compatir, faire semblant d'accepter. M. peut passer des heures au téléphone avec ses amis, ses parents, ses relations. À leur parler de lui-même. Et ils l'écoutent parce que M. est intelligent, malheureux et boit trop. Moi je ne peux plus écouter parce que si j'admets de parler de solitude à propos de M., j'admets aussi qu'il n'y a plus de mot pour mon état. Il devient tout à fait monstrueux.

Dans le parc du château de M. où je me repose, la radio a communiqué le verdict : dix ans de réclusion pour H. L. J'ai couru dans la cuisine, j'ai dit à M. qu'il fallait que j'appelle les journaux, que j'écrive que ce n'était pas vrai, H. n'aurait jamais commis un tel attentat. J'ai dit que je hurlerais ma colère s'il le fallait. M. a haussé les sourcils, soupiré. Il était peu probable que les quotidiens du soir ou du matin s'intéressent au sort de H., et encore moins à ma colère.

Plus tard, toujours à la radio, j'ai appris que P. P., son complice (et moi je crois : le seul coupable) n'était condamné qu'à cinq ans. Médecin, P. P. était un familier des cercles intellectuels. Journalistes, écrivains, médecins et même le psychanalyste G. se sont succédé à la barre pour témoigner en sa faveur. Pour H., enfant du peuple et métèque, personne.

– Oh ! calme-toi. Tu peux toujours hurler ta colère du monde dans le grand parc où les paons ricanent. Personne non plus ne t'entend. Tu peux bien pleurer à l'injustice des hommes, demander pourquoi, invoquer le nom de ta mère, le nom de ton père, exiger d'eux une centième explication... Ils ne sont plus là. Ils n'ont plus à répondre de rien ici-bas, même pour toi. La marche des jours et des nuits, pour eux la question ne se pose plus. Laisse-les donc en paix. Oh oui ! tu pleures, tu gémis, tu te répands, mais c'est sur toi que tu pleures. Laisse donc ton camarade dormir dans sa prison, regarde :

les paons font la roue comme on éclaterait de rire – et toi tu mouilles de tes larmes le frais gazon tondu. Mais oui, ce monde est abjection, et tu es parfaitement de ce monde.

* *
*

Au château de M., trois enfants sont arrivés. M. dit que c'est assommant les enfants. Moi qui ne leur parle jamais, leur souris à peine et vis dans la terreur que l'un d'eux ne me demande quelque chose, je remercie pourtant leur présence : c'est comme si tout à coup ils ouvraient les hautes fenêtres après le long hiver, libérant les chouettes et les mouches, chassant les pigeons qui nidifient dans le chemin de garde, et que le soleil, un soleil doux et piquant de printemps entre enfin.

La petite E. m'a élu, en dépit (ou à cause) de mes distances. Elle parle, parle beaucoup et trop bien pour ses cinq ans. Maman est philosophe, papa écrivain. Les mots sont précis, le ton grave. Son langage, sa pénétration des êtres et des rapports en jeu ainsi que son regard toujours à l'affût indisposent à peu près tout le monde

– sauf moi, qu'elle a choisi pour confident et qui l'écoute, indolent.

À la fin d'un déjeuner, elle prend d'assaut mes genoux et dit, sans prendre garde aux autres adultes : « Tu es plus gentil que mon père. » Je sursaute, interroge du regard l'assistance. Elle reprend : « Je hais mon père et lui aussi il me déteste. »

Je dis doucement que ce n'est pas possible, son père doit l'aimer. Elle éclate : « Non, il ne m'aime pas car il déteste ma mère. Il dit que c'est une conne, une dégueulasse. Je le hais. »

Je la repose à terre, fuis la table et me réfugie dans les toilettes où je pleure à gros bouillons (je pleure beaucoup en ce moment : les vannes ont cédé) pour cette fillette si jolie, si intelligente et qui va tant souffrir, bientôt.

Regardez-les, tous ces enfants, écoutez-les. Voyez-les partir au massacre.

La petite E. contemple au loin les autres enfants affairés autour des chevaux, qui la repoussent dès qu'elle veut les accompagner. La petite E. chausse alors ses ballerines neuves de princesse et part à l'opposé, vers le pré sans chevaux, cueillir les boutons d'or. Elle erre, insecte vertical, point minuscule écrasé sous le soleil, tordant d'un doigt ses cheveux noirs, faisant parfois tournoyer sa jupe en corolle sur ses jambes maigres, au son de quelque chanson inaudible pour vous et sans doute inventée, choisissant avec difficulté parmi les fleurs innombrables.

Regardez-les, dans leur grand champ de solitude. Ils cueillent des trésors qu'ils vous rapportent en silence et vous, qui dites merci avec une caresse sur la joue, vous n'y pouvez déjà plus rien. Ils repartent. Vous les voyez s'éloigner, vous voudriez leur crier de revenir, que la mer est mauvaise, le soleil dangereux, mais ils vont, jusqu'à s'évanouir, jusqu'à disparaître, rappelés dans ce grand champ, leur jardin à jamais scellé.

* *
*

Dieu jaloux, dieu craintif, dieu de ressentiment, qu'avions-nous donc tous pour te déplaire à ce point ? En quoi nos faces te menaçaient-elles, que tu nous aies brisé la nuque avec autant d'acharnement ? Oui, l'orgueil était un péché de famille, oui, nous avions le verbe haut et l'œil toujours brillant. Et sans doute préfères-tu, dieu de jalousie et de vengeance, les âmes aux lèvres incirconcises, au front courbé. Alors regarde-moi et vois ta gloire affirmée : ma voix s'éteint, mes yeux ne supportent plus la lumière. Aussi je les cache, aussi je me tais.

Il y a des êtres pour douter, dans leur malheur, de ton existence. Dieu, disent-ils, n'a pas pu vouloir ça, Dieu on n'y croit plus. Mais la question n'est pas ton existence. Ce sont tes voies qui nous deviennent incroyables.

* *
*

L. dit à K. que je bois trop, que je conduis trop vite, qu'on me voit tard sur le boulevard faisant l'un après l'autre les bancs, ne rentrant qu'à la menace du jour, attendant quoi. K. me le répète sur un air de reproche et c'est vrai : on ne me sauvera pas malgré moi.

Sur le boulevard, j'écoute qui me parle, je regarde qui me sourit et je suis qui veut bien de ma compagnie. On va dans les bars de nuit, on met des sous dans les juke-box, on fuit les tavernes à touristes où les orchestres jouent Édith Piaf. Je les écoute, les terrasses sont encore fraîches, j'écoute des vies, je vois les mains et les bouches se tordre. Je dors. J'ai les yeux grands ouverts, je bois mes verres de vin, j'approuve du menton si j'entends que la voix cherche un assentiment. Leur histoire me distrait de la mienne et je dors : c'est la douleur qui se repose.

C'est un étonnement toujours renouvelé, le poids de détresses que cette terre peut porter. Et ce n'est pas tant la capacité de souffrance de l'homme (ni même sa résistance) qui surprend encore, mais la richesse, la variété, l'ingéniosité des instruments de notre souffrance. Quel talent, dieu bricoleur, dans votre cabinet d'horreur. Votre horlogerie, pure dentelle – et à chaque dent de chaque rouage, un nouveau supplice.

* *
*

Ce que le livre ne dit pas, ce qu'il ne peut pas dire, c'est les cris, c'est les pleurs, c'est les poings brandis dans le vide. Ce temps-là, les jours et les nuits à appeler sans voix, à donner de la tête contre une porte molle, à vouloir s'arracher les yeux de n'être pas mort et pourtant plus en vie, ce temps-là n'a pas d'équivalent dans l'espace du livre.

Les cris, les pleurs, seuls les murs de la maison les ont entendus. C'est sur les murs de la maison que les poings se sont imprimés. N'ayez pas peur, vous qui entrez, si parfois encore ils résonnent. C'est la demeure du fils veuf. C'est la cellule d'un fou d'amour.

Oui j'ai hurlé : Je veux ma maman. J'étais sur le balcon, dressé face aux arbres, et les cheveux roulaient, les mèches s'envolaient comme balles de poussière. Ils ont dit : « Non, monsieur, non, n'appelez pas comme ça. Ne restez pas là, ouvrez-nous monsieur, si l'on peut quelque chose pour vous. »

– Ne dites rien, vous qui le saluerez, si ses rires vous font peur. Il ne s'entend plus.

* *
*

Il est assez étrange et significatif que, de la perte d'une mère, nulle femme ne puisse vous consoler. Des pères, des frères le pourraient. À défaut, un ami bienveillant. Si l'on s'abandonne, c'est sur l'épaule d'un autre homme. De femmes, point. Oui, seul un homme peut reconnaître, dans ses pudeurs et ses silences, l'amour exclusif et secret, l'amour jamais déraciné du fils pour la mère.

Ô mystère des femmes : ce qu'elles créent en l'homme, de bonheur et de souffrance, ce que vraiment elles sont pour lui, jamais elles n'y ont accès, jamais elles n'y pourront rien. Leur pouvoir à elles, à elles fermé.

Empire empirique.

juillet, carrefour Saint-Placide.

Il fait un vrai soleil, un beau soleil, plein et chaud comme rarement à Paris. Une fillette et une vieille dame traversent la rue de Rennes. La petite fille a honte de sa grand-mère en blouse de nylon bleu à fleurs grises. Elle baisse la tête, se cache à l'abri d'un poteau, quand la grand-mère court sur ses jambes torses demander au jeune homme où il a acheté son cornet de glace. Le jeune homme montre l'endroit, de l'autre côté du carrefour, la grand-mère remercie en inclinant la nuque, comme une servante. La petite fille a entendu le lieu qu'indiquait le garçon, elle file seule en avant, indifférente aux pas laborieux de la vieille qui voudrait la rattraper, indifférente à son ordre d'attendre le feu rouge pour traverser. Mais, sur le trottoir opposé, la fillette ralentit. Il ne faut pas perdre la vieille, c'est elle qui dans son vieux porte-monnaie a l'argent de la glace. La vieille trottine, tenue en laisse par son cabas trop lourd.

La petite fille sort de chez le glacier, un cornet double dans chaque main. Sitôt dehors, elle a repris sa moue de tête à claques. Elle marche à nouveau devant, reprend le large de sa honte, lapant la glace avec nonchalance, n'appréciant déjà plus les parfums qu'elle a choisis, et la vieille lui trotte après.

Misérable vieille : bonne à tout faire sans doute, de l'ancienne époque, avançant dans la vie l'échine courbée. Bonne à tout, même à l'ingratitude de sa descendance. Et toi – pauvre vilaine petite fille, le remords un jour te rongera les poings.

septembre

Je me suis entouré d'orphelins. Cela s'est fait peu à peu, comme à mon insu : autour de moi, satellites de ma souffrance, hypostases de ma solitude, une cour d'enfants orphelins. Il y a J., il y a K., il y a L., il y a T.

De quoi parlent entre eux des orphelins ? Des mêmes choses que tout le monde, sans plus de drames. Mais lorsqu'ils sont face à face, les yeux dans les yeux, ils savent. Aujourd'hui, J., K., T. et L. sont les seuls à soutenir mon regard, à y planter le leur sans fuir. On se regarde longuement ainsi. On parle, on rit mais on peut aussi se taire – on ne se quitte pas de l'œil. Les orphelins ont dans les yeux une immobilité, une fidélité étranges. La flamme joueuse, elle s'est éteinte. Seul brille, au centre noir de leur pupille, un grand point d'interrogation.

L. dit : « Ici, en Suède, on déteste la maladie, la vieillesse, la mort. Ici, il ne faut pas vieillir, pas mourir. Ce sont des choses honteuses. » Je regarde le détroit d'Ore, le manège incessant des ferries entre la Suède et le Danemark, que perturbe parfois un cargo coupant vers la Pologne, la Russie. Je sais tellement peu ce que je suis venu chercher ici. J'ai honte, moi aussi, de ma maladie d'errance et je cache mes yeux à L. Comme tout le monde entre Helsingör et Helsingborg, nous passons nos journées et nos nuits sur les ferries, à boire des bières. Parfois, lorsque les cabines sont trop enfumées, les passagers trop bruyants, je monte sur le pont, je m'allonge sur un banc et j'interroge les étoiles. D'autres fois, quand les bières ne suffisent plus ou nous endorment, nous descendons à terre, sur la rive danoise, et nous buvons des gammeldansk dans le petit café du port.

Comment les regarder sans trembler, ces enfants aux yeux de glace, comment imaginer ce que sera leur vie entre Helsingör et Helsingborg, une vie entière le cul sur la moleskine des ferries, à attendre quoi ? Certains, comme L., auront envie de fuir, bien sûr. Pourtant il reste là, happé, fasciné par les sirènes du détroit. On bouge si peu. On s'écarte si peu, et au prix de combien d'efforts, du sillage annoncé.

Nous traversons pour rentrer chez L. le grand parc en triangle. Au sud, l'hôpital ; à l'est, l'hospice des vieux ; au nord, le cimetière. Personne jamais ne se promène dans le parc, sauf les vieux qui, à juste titre, s'y sentent chez eux, et les visiteurs du cimetière. L. aurait donc dit vrai : les gens d'ici ont parqué ensemble les malades, les vieux, les mourants.

Je m'étonne, pourtant, que L. ait choisi d'habiter au-dessus du cimetière où reposent ses parents. Lui dit que c'est joli et ce n'est pas faux : les petites dalles grises, très discrètes, s'effacent à la vue des buis, des rhododendrons, des fougères géantes et des pins. Stig L., son père, était un artiste célèbre et, dans l'appartement de L., les dessins, les peintures, les céramiques et les sculptures ont tout envahi : les murs, les tables, jusqu'au devant des fenêtres.

Dans sa chambre, depuis son lit, L. peut voir en grandeur réelle le visage de sa mère sculpté par son père. Je dis que je ne pourrais pas vivre ainsi. L. dit qu'il n'a pas peur de la mort, il en a fait le tour. Je souris : il en a fait son décor. Et tout cela – les allées fleuries du cimetière au-dehors, les bustes, les corps et les portraits au-dedans –, tout cela fait un décor théâtral qui n'est pas sans joie.

– Mais moi, de retour à Paris, je jette, je continue de jeter, je n'en finis plus de jeter. Je file la métaphore.

* *
*

T. m'appelle plusieurs fois par jour, du lever au coucher. Je voudrais lui dire que je l'aime, mais comment trouver les mots justes, les mots honnêtes ? Qui me tiendra lieu de tout et, m'aimant, sera aussi ma mère, mon père, les sœurs et les frères que je n'ai jamais eus ? J'ai peur aujourd'hui en employant les mots d'amour, et de me tromper sur ce que j'offre, et de tromper l'autre sur ce que j'attends. T., c'est la vie qui revient. Elle revient mais n'est plus la même. La vie est devenue danger.

* *
*

Un jour, le docteur B. m'a suggéré qu'à tant t'aimer je devais aussi beaucoup te haïr. La haine de toi ? C'était comme s'il employait une nouvelle langue ahurissante et drolatique. Te haïr ? J'ai cherché, et j'ai beau chercher : j'en suis réduit à recenser tes erreurs probables comme les petits chrétiens s'inventent des peccadilles pour complaire à leur confesseur. Mais comment dire au docteur B. que l'homme que je suis devenu pardonne tout à la femme que tu étais ? De quoi s'agit-il : deuil ou divorce ?

Un jour, sans doute, on y arrivera. Ils finiront par me faire sentir cette haine sincère qui, si l'on en croit les théories, éluciderait le mystère de notre amour : alors, détaché de toi, la vie me reviendrait. J'écoute les discours, je conçois, j'approuve en silence, vraiment c'est comme ils veulent. Je fais oui de la tête mais le cœur n'y est pas. Un jour, disent-ils, il faudra que je te tue pour qu'enfin tu meures à moi. S'il advenait que tu l'entendes, ne sois pas triste : souviens-toi comme la vie est artificieuse et comment, pour sa conservation, elle emprunte parfois des voies misérables. Rappelle-toi aussi ce que tu écrivais dans ton journal : la vérité, cette escroquerie.

Comme la réponse n'épuise pas la question, jamais la solution n'abolira l'énigme. Je t'aime.

* *
*

Je me cogne la tête partout. Au début, il y a quelques semaines, j'en riais. Ce fut d'abord une poutre (dont on m'avait répété de me méfier) contre laquelle je m'ouvris le crâne. Puis des fenêtres, des portes de placards, des portières de voitures et même, oui, des murs. Mais, à mesure que je m'accoutume aux chocs, à mon corps peint d'ecchymoses et d'entailles, me saisit l'étrangeté de ces maladresses.

H., avec qui je dînais hier à la maison, me voit donner tête baissée contre la cheminée de faïence et s'inquiète. Je ris encore de son inquiétude : H. est toujours pressé d'interpréter les paroles et les actes malheureux. Je ris moins quelques minutes plus tard lorsque, m'étant baissé sous la table sans savoir ce que j'y cherchais, je me relève brusquement et me fends le nez.

Enfin, ce soir, c'est la porte en verre de ce restaurant dont je n'avais pas vu qu'elle était fermée. Bille en tête, le front fracassé, pissant le sang... Pauvre tête, pauvre indécollable tête, serais-tu mon malheur ? Moi je crois que non. Je crois que j'appelle, pour soigner plaies et bosses, celle qui accourait au moindre cri, armée de mercurochrome, d'arnica et de mots tendres. On en est là.

– Et cette face, cette pauvre face dont tu étais si fière, toi qui comme toutes les mères avais fait le plus beau des fils ? Bousillée par l'alcool et les nuits sans joie. Je le vois bien, tu sais, et je prends la chose très calmement. Parfois je crois t'entendre qui me pries d'arrêter le massacre. Mais ce ne sont qu'hallucinations. Tu te tais. Oui : tu t'es tue.

* *
*

L'employé du crématorium – un véritable officier des pompes funèbres avec son costume anthracite, sa casquette galonnée d'argent et ses gants blancs défraîchis – vient vers moi et me dit : « Nous allons pouvoir les brûler à présent. » Je me tiens droit et aligné dans le rang des condoléances, sauf que je suis seul, aligné sur moi seul. On avance le chariot qui porte maman, puis celui qui porte papa. On les enfourne l'un au-dessus de l'autre comme des petits pains. J'entends le souffle énorme des flammes, je les vois à travers le hublot.

On me les ramène, une fois consumés, non pas dans une urne comme je m'y attendais, mais dans un œuf. Chacun, papa, maman, chacun contenu dans un gros œuf dont la coquille brûle encore de la chaleur des braises.

Et dans ce nouveau rite que le rêve invente, on ne met pas les cendres au columbarium. Non, on ne range pas les œufs dans les niches de marbre comme on le ferait pour des urnes. On les casse, d'un coup sec, afin que les cendres s'épandent sur le sol et plus tard se dispersent, soulevées par les vents.

* *
*

L'officier rituel prend un œuf dans chaque main et les entrechoque. Mais à l'instant où les coquilles se brisent, ce n'est pas de la cendre qui tombe : ce sont deux cris, deux cris affreux qui s'échappent, libérés enfin. Cri de ma mère, cri de mon père. Cri des vies qui n'avaient pas crié.

* *
*

Le premier jour, c'est une pluie de télégrammes. On est touché, oui, presque rassuré, comme si l'amour et l'attention qui s'expriment après rachetaient l'amour et l'attention qui ont failli pendant. Et il y a les papiers à remplir, les guichets à courir où vous côtoyez ceux qui viennent s'épouser, ceux qui déclarent, les joues roses d'émotion, leur premier-né.

Le second jour, c'est la terreur des téléphones qu'on ne décroche plus, sachant bien qu'au premier mot on s'effondrera. La fatigue est si grande.

Le troisième jour il y a...

Le quatrième jour, il y a les fleurs, l'encens, les chants, le satin où baigne le corps, il y a ce long couloir éclairé de cierges, et toutes ces rumeurs, toutes ces odeurs vous font vous évanouir, vous ravissent au temps.

Et puis c'est le silence, le vrai.

Enfin vous comprenez que c'est fini. Si vous aviez été plus attentif, plus lucide, dès le premier jour, dès la première heure du premier jour, vous auriez compris qu'elle était oubliée. Si vite ? Oui, aussitôt.

Alors vous comprenez le sens des télégrammes, vous voyez bien le caractère d'urgence : on a peur d'oublier dans la minute suivante. Qui a vu cela une fois dans sa vie, qui a connu l'éphémère des pleurs et le vent convenu des paroles, celui-là ne peut plus se jouer la comédie de sa mort. En noir et blanc comme en technicolor, c'est rien, rien du tout. Sa mort à lui, il n'en fait plus un drame, non. Il caresse en son sein un étrange rire, un grand rire silencieux, à imaginer la rapidité avec laquelle tout ça pleurera, gémira puis s'essuiera les yeux, se mouchera. Il sait, lui qui est seul, et il rit. Ça libère. Ça rendrait presque heureux. Ça aide à partir, si l'on veut, sans scrupule, sans culpabilité.

* *
*

Vous avez vingt ans. Vous êtes sur une plage de Méditerranée, idéalement belle dans la semi-nudité de vos vingt ans et vous posez pour le photographe, agenouillée dans l'eau, vos épaules dégagées du maillot de bain, si frêles et si fortes vos épaules, si sûres d'elles. Les vagues s'enroulent à vos genoux, le soleil éclate dans votre sourire, vraiment vous êtes cette déesse païenne, reproduisant avec candeur l'image des idoles entrevues dans les magazines.

Vous avez vingt ans, vos dents sont parfaites, tout votre corps doré au soleil s'épanouit de la certitude de sa beauté, de sa fraîcheur, de sa robustesse. Votre corps n'a pas l'air d'imaginer un seul instant sa défaite prochaine, si rapide, et que bientôt, si bientôt, avant que le sable ait gagné les terres, avant même que la photo ait jauni, il sera couché, pourrissant, au noir de l'éternité.

* *
*

Vie.

Vie jamais épuisée.

Vie de celles, vie de ceux qui croyaient la vivre, mais qui s'éloigne à mesure qu'elle s'offre, vie perdue au panier des jours écoulés – notre impossible satiété.

Vie à peine et si peu vécue.

La mèche en se consumant efface son passage.

LES YEUX CERNÉS 9

UN FUTUR AVRIL 71

Cet ouvrage est imprimé sur du papier sans bois et sans acide.

CET OUVRAGE A ÉTÉ ACHEVÉ D'IMPRIMER SUR ROTO-PAGE
PAR L'IMPRIMERIE FLOCH À MAYENNE POUR LE COMPTE
DE FRANCE LOISIRS EN SEPTEMBRE 1997

N° d'édition : 29095. N° d'impression : 42091.
Dépôt légal : août 1997.